〔清〕洪昇 著

知識出版社

图书在版编目（CIP）数据

长生殿 /（清）洪昇著. -- 北京 ：知识出版社，2015.4（2020.4重印）
（中国古典四大名剧）
ISBN 978-7-5015-8434-5

Ⅰ. ①长… Ⅱ. ①洪… Ⅲ. ①传奇剧（戏曲）－剧本－中国－清代 Ⅳ. ①I237.2

中国版本图书馆CIP数据核字(2015)第049685号

中国古典四大名剧　长生殿

出 版 人　姜钦云
责任编辑　刘东风　韩小春　田　丹
装帧设计　罗俊南
出版发行　知识出版社
地　　址　北京市西城区阜成门北大街17号
邮　　编　100037
电　　话　010-51516278
印　　刷　保定市正大印刷有限公司
开　　本　889 mm × 1194 mm　1/16
印　　张　12
字　　数　179千字
版　　次　2015年4月第1版
印　　次　2020年4月第3次印刷
书　　号　ISBN 978-7-5015-8434-5

定　　价　27.00元

出版说明

《长生殿》是清代戏曲家洪昇的代表作，是中国戏曲史上的优秀著作，与孔尚任的《桃花扇》齐名。洪昇与孔尚任并称“南洪北孔”。金埴题诗说：“两家乐府盛康熙，进御均叨天子知。纵使元人多院本，勾栏争唱孔洪词。”

洪昇出生于世宦之家，他的父亲可以说是一位知识分子，他的母亲也工诗文，通晓音律。这样的家庭环境使少年时期的洪昇受到了良好的文学熏陶，对他的戏曲创作起到了积极的影响。然而自从他二十四岁从国子监肄业后，不仅仕途不如意，家境也败落，“八口总为衣食累，半生空混利名场”（《省觐南归留简长安故人》）。就是在生活如此穷困潦倒期间，洪昇写就了《长生殿》。可不幸的是康熙二十七年（1689），正值孝懿皇后佟氏丧葬期间，《长生殿》却在京城盛演，洪昇因此犯了“大不敬”之罪名，被国子监除名。他晚年于吴兴醉后失足落水而死。

《长生殿》取白居易《长恨歌》中的“七月七日长生殿”句“长生殿”三字作为剧本题目，主要以唐玄宗与杨贵妃的爱情故事为题材。洪昇创作《长生殿》，深受白居易的《长恨歌》、陈鸿的《长恨歌传》和白朴的《梧桐雨》的影响。他在《长生殿》的自序中说：“余览白乐天《长恨歌》及元人《秋雨梧桐》剧，辄作数日恶。”他认为：“史载杨妃多污乱事。予撰此剧，止按白居易《长恨歌》、陈鸿《长恨歌传》为之。”

《长生殿》虚实相生，既尊重历史，又有艺术的虚构，脉络清晰，情节错综复杂又自然紧凑，以唐玄宗与杨贵妃的爱情故事为主线，辅以与之相关的历史事件，如安史之乱，清楚地交代了杨国忠和安禄山，郭子仪与安禄山等的矛盾冲突。作品的前半部分主要是写实，写唐玄宗和杨贵妃生前的爱情，充满悲剧色彩；后半部分主要为虚幻，写他们死后的相思，强调真情。洪昇在《长生殿》的自序中说："然而乐极哀来，垂戒来世，意即寓焉。"《长生殿》不仅表现了洪昇对唐玄宗和杨贵妃忠贞爱情的歌颂、同情，也表现了他作为一代文人对国家兴衰的历史责任感。

另外，《长生殿》糅合了唐诗、元曲的特点，曲文风格清丽流畅，唐诗、元曲的名句，或引用，或化用，可谓信手拈来，极为巧妙，不仅恰到好处地表达出了人物的内心情感活动，也使曲文更添浓厚的抒情色彩。如《惊变》《雨梦》等曲词，基本上使用《梧桐雨》的曲文，将唐玄宗痛失杨贵妃的烦闷、怨恨、悲痛，都表达得很细腻、真切。

塑造了诸多个性鲜明的人物形象也是《长生殿》的艺术成就之一。如唐玄宗作为帝王的风度和作为普通人的痴情，皆表现得淋漓尽致，杨贵妃的聪慧娇媚，杨国忠的奸诈妄为，安禄山的狂妄狡黠，郭子仪的忠诚正直，等等，皆鲜活地跃然于纸上。

编者对《长生殿》的整理，除注释外，还于正文后对中国戏曲和与《长生殿》相关的真人真事等进行了介绍，方便读者全方面地了解本部作品。

编　者

剧中主要人物简介

李隆基——即唐玄宗，一称唐明皇。生扮。

杨玉环——贵妃。旦扮。

郭子仪——灵武太守，天德军使，朔方节度使。外扮。

李龟年——唐代宫廷音乐家，梨园班首。末扮。

李　謩——唐代著名笛师。小生扮。

高力士——太监。丑扮。

陈元礼——右龙武将军，统领禁军。末扮。

雷海青——唐代宫廷音乐家，善琵琶。外扮。

安禄山——范阳节度使。净扮。

杨国忠——杨贵妃堂兄，右丞相。副净扮。

永　新——宫女。老旦扮。

念　奴——宫女。贴扮。

土地神——副净扮。

织女仙——贴扮。

西州道使臣——末扮。

海南道使臣——副净扮。

老田夫——外扮。

算命瞎子——小生扮。

女瞎子——净扮。

驿　卒——丑扮。

目　录

第一出　传　概[1]

【南吕引子·满江红】（末上）今古情场，问谁个真心到底？但果有精诚不散，终成连理[2]。万里何愁南共北，两心那论生和死。笑人间儿女怅缘慳，无情耳。感金石，回天地。昭白日，垂青史。看臣忠子孝，总由情至[3]。先圣不曾删《郑》《卫》[4]，吾侪取义翻宫徵[5]。借太真外传[6]谱新词，情而已。

【中吕慢词·沁园春】天宝明皇，玉环妃子，宿缘正当。自华清赐浴，初承恩泽。长生乞巧，永订盟香。妙舞新成，清歌未了，鼙鼓喧阗[7]起范阳。马嵬驿[8]，六军不发，断送红妆[9]。西川巡幸[10]堪伤，奈地下人间两渺茫。幸游魂悔罪，已登仙籍。回銮改葬，只剩香囊。证合天孙[11]，情传羽客[12]，钿盒金钗重寄将。月宫会[13]，霓裳遗事，流播词场。

唐明皇欢好霓裳宴，
杨贵妃魂断渔阳变[14]。
鸿都客[15]引会广寒宫，
织女星盟证长生殿。

注释

[1] 传概：家门引子。通常传奇第一出开始时，由一个角色在场上说明作者的创作意图和剧情提要。这里大致包括两个内容：创作意图（见《满江红》）和剧情提要（见《沁园春》）。

[2] 连理：即连理枝，枝干连在一起生长而不同根的树木，用来比喻恩爱的夫妻。

[3] "感金石"六句：即"情之所至，金石为开"。只要足够诚心，便能感

动天地，使金石为之开裂，比喻只要诚心诚意去做，什么困难都能解决。庄周《庄子·渔父》：“真者，精诚所至也，不精不诚，不能动人。”青史，史书。因古人在竹简上记事，故称。

[4] 先圣不曾删《郑》《卫》：先圣，指孔子。《郑》《卫》，《诗经》中的《郑风》《卫风》。

[5] 翻宫徵：作曲。古代音乐以宫、商、角、徵、羽为音阶名。宫徵，泛指乐曲。

[6] 太真外传：宋代乐史作有《杨太真外传》。这里并不专指乐史的作品，是借用杨贵妃的故事。

[7] 鼙鼓喧阗：鼙鼓，战鼓。喧阗，哄闹声。

[8] 马嵬驿：古地名。在今陕西兴平市西。相传古代马嵬在此筑城，故名。

[9] 断送红妆：红妆，指杨贵妃。断送，葬送。

[10] 西川巡幸：西川，泛指蜀地。巡幸，本来指皇帝出外巡历，这里指逃难。

[11] 天孙：星官名。天帝的孙女，即神话传说中的织女。

[12] 羽客：道士。

[13] 月宫会：指唐玄宗和杨贵妃在月宫重逢的情节，见第五十出《重圆》。

[14] 渔阳变：指安禄山在范阳起兵叛变。

[15] 鸿都客：指道士杨通幽。

第二出　定　情

【大石引子·东风第一枝】（生扮唐明皇引二内侍上）端冕中天，垂衣南面，山河一统皇唐。层霄雨露回春，深宫草木齐芳。《升平》[1]早奏，韶华好，行乐何妨。愿此生终老温柔，白云不羡仙乡。

“韶华入禁闱，宫树发春晖。天喜时相合，人和事不违。《九歌》[2]扬政要，《六舞》散朝衣。别赏阳台[3]乐，前旬暮雨飞。”朕乃大唐天宝皇帝是也。起自潜邸[4]，入缵皇图[5]。任人不二，委姚、宋[6]于朝堂；从谏如流[7]，列张、韩[8]于省闼。且喜塞外风清万里，民间粟贱三钱。真个太平致治，庶几贞观之年[9]；刑措[10]成风，不减汉文之世。近来机务馀闲，寄情声色。昨见宫女杨玉环，德性温和，丰姿秀丽。卜兹吉日，册为贵妃。已曾传旨，在华清池赐浴，命永新、念奴服侍更衣。即着高力士引来朝见，想必就到也。

【玉楼春】（丑扮高力士，二宫女执扇引，旦扮杨贵妃上）恩波自喜从天降，浴罢妆成趋彩仗。（宫女）六宫未见一时愁，齐立金阶偷眼望。

（到介，丑进见生跪介）奴婢高力士见驾。册封贵妃杨氏，已到殿门候旨。（生）宣进来。（丑出介）万岁爷有旨，宣贵妃杨娘娘上殿。（旦进，拜介）臣妾贵妃杨玉环见驾，愿吾皇万岁！（内侍）平身。（旦）臣妾寒门陋质，充选掖庭[11]，忽闻宠命之加，不胜陨越[12]之惧。（生）妃子世胄[13]名家，德容兼备。取供内职[14]，深惬朕心。（旦）万岁。（丑）平身。（旦起介，生）传旨排宴。（丑传介）（内奏乐。旦送生酒，宫女送旦酒。生正坐，旦傍坐介）

【大石过曲·念奴娇序】（生）寰区万里，遍征求窈窕，谁堪领袖嫔墙？佳丽今朝，天付与，端的绝世无双。思想，擅宠瑶宫，褒封玉册[15]，三千粉黛总甘让。（合）惟愿取，恩情美满，地久天长。

【前腔】【换头】（旦）蒙奖。沉吟半晌，怕庸姿下体，不堪陪从椒房[16]。

受宠承恩，一霎里身判人间天上。须仿，冯嫕当熊[17]，班姬辞辇[18]，永持彤管[19]侍君傍。（合）惟愿取，恩情美满，地久天长。

【前腔】【换头】（宫女）欢赏，借问从此宫中，阿谁第一？似赵家飞燕[20]在昭阳。宠爱处，应是一身承当。休让，金屋[21]妆成，玉楼歌彻，千秋万岁捧霞觞。（合）惟愿取，恩情美满，地久天长。

【前腔】【换头】（内侍）瞻仰，日绕龙鳞，云移雉尾[22]，天颜有喜对新妆。频进酒，合殿春风飘香。堪赏，圆月摇金，馀霞散绮，五云多处[23]易昏黄。（合）惟愿取，恩情美满，地久天长。

（丑）月上了。启万岁爷撤宴。（生）朕与妃子同步阶前，玩月一回。（内作乐。生携旦前立，众退后，齐立介）

【中吕过曲·古轮台】（生）下金堂，笼灯就月细端相，庭花不及娇模样。轻偎低傍，这鬓影衣光，掩映出丰姿千状。（低笑，向旦介）此夕欢娱，风清月朗，笑他梦雨暗高唐。（旦）追游宴赏，幸从今得侍君王。瑶阶小立，春生天语，香萦仙仗[24]，玉露冷沾裳。还凝望，重重金殿宿鸳鸯。

（生）掌灯往西宫去。（北应介，内侍、宫女各执灯引生、旦行介）（合）

【前腔】【换头】辉煌，簇拥银烛影千行。回看处珠箔斜开，银河微亮。复道回廊，到处有香尘飘扬。夜色如何？月高仙掌[25]。今宵占断好风光，红遮翠障，锦云中一对鸾凰。《琼花》《玉树》，《春江夜月》[26]，声声齐唱，月影过宫墙。褰[27]罗幌，好扶残醉入兰房。

（丑）启万岁爷，到西宫了。（生）内侍回避。（丑）“春风开紫殿，（内侍）天乐下珠楼”。（同下）

【馀文】（生）花摇烛，月映窗，把良夜欢情细讲。（合）莫问他别院离宫玉漏长。

（宫女与生、旦更衣，暗下，生、旦坐介，生）“银烛回光散绮罗，（旦）御香深处奉恩多。（生）六宫此夜含颦望，（合）明日争传《得宝歌》[28]。”（生）朕与妃子偕老之盟，今夕伊始。（袖出钗、盒介）特携得金钗、钿盒在此，与卿定情。

【越调近词·绵搭絮】（生）这金钗、钿盒，百宝翠花攒。我紧护怀中，珍重奇擎[29]有万般。今夜把这钗呵，与你助云盘[30]，斜插双鸾；这盒呵，早晚深藏锦袖，密裹香纨。愿似他并翅交飞，牢扣同心结合欢。（付旦介，旦接钗、盒谢介）

【前腔】【换头】谢金钗、钿盒赐予奉君欢。只恐寒姿，消不得天家[31]雨露团。（作背看介）恰偷观，凤翥龙蟠，爱杀这双头旖旎，两扇团圞。惟愿取情似坚金，钗不单分盒永完。

（生）胧明春月照花枝，（元稹）
（旦）始是新承恩泽时。（白居易）
（生）长倚玉人心自醉，（雍陶）
（合）年年岁岁乐于斯。（赵彦照）

注释

[1]《升平》：歌颂太平的曲调。
[2]《九歌》：夏代的庙堂乐曲。
[3] 阳台：据宋玉《高唐赋序》记载，楚襄王游高唐时曾梦见一位自称在“阳台之下”的巫山神女。后称男女寻欢之所为阳台。
[4] 潜邸：皇帝在即位以前所住的府第。
[5] 入缵皇图：缵，继承。皇图，指皇位。
[6] 姚、宋：指唐开元时著名的贤相姚崇、宋璟。
[7] 从谏如流：听从劝告如水流顺畅而下，比喻帝王虚心接受大臣的劝告。
[8] 张、韩：指唐开元时著名的贤相张说（或为张九龄）、韩休。
[9] 庶几贞观之年：庶几，或许，可能，差不多。贞观，唐太宗年号（627—649），为历史上著名的太平盛世，号称“贞观之治”。
[10] 刑措：弃置刑法。汉文帝时，为使社会安定，实行“与民休息”的政策。措，弃置，废弃。
[11] 掖庭：皇宫里妃嫔所住的地方。
[12] 陨越：跌倒，坠落，后比喻失败，失职。
[13] 世胄：指贵族后裔。
[14] 内职：宫内妇女的职务，这里指贵妃。
[15] 玉册：亦作“玉策”。帝王祭祀告天的册书。《宋史·舆服志六》：“册制，用珉玉简，长一尺二寸，阔一寸二分。”这里指册封贵妃的册书。
[16] 椒房：古时用气味芳香、性温的花椒来涂抹后妃居室的墙壁，所以称后妃居室为椒房。
[17] 冯嫽当熊：冯嫽为汉元帝的婕妤，后被封为昭仪。她曾为了保护汉元帝，

挺身而出，挡住了从笼中跑出来的熊。

[18] 班姬辞辇：汉成帝的婕妤班姬曾谢绝汉成帝和她同坐一辆车的要求，劝成帝近贤臣、远女色。

[19] 彤管：笔杆为红色的笔，通常为宫中女史官所用。

[20] 赵家飞燕：指赵飞燕，貌美，能歌善舞，后为汉成帝的皇后，长期得宠。

[21] 金屋：指宠妃居住的地方，借用汉武帝“金屋藏娇”之意。典出《汉武故事》，汉武帝幼时看上姑母长公主之女阿娇，说：“若得阿娇作妇，当作金屋贮之。”

[22] “日绕龙鳞”两句：杜甫《秋兴》八首之一：“云移雉尾开宫扇，日绕龙鳞识圣颜。”龙，这里指皇帝。雉尾，雉尾扇，皇帝仪仗队所用。

[23] 五云多处：相传天子所在的地方有五色云彩。这里指宫中。

[24] 仙仗：指皇帝的仪仗。

[25] 月高仙掌：月亮高挂夜空，已高过了仙人盘，指夜已深。仙掌，仙人盘。汉时宫中有仙人铜像，“高二十四丈，大十围”，手托巨盘以接天上的甘露。

[26]《琼花》《玉树》，《春江夜月》：均为歌曲名。《玉树》，即《玉树后庭花》。《春江夜月》，即《春江花月夜》。

[27] 褰：掀起。

[28]《得宝歌》：即《得宝子》，曲调名。《杨太真外传》：“上喜甚，谓后宫人曰：‘朕得杨贵妃，如得至宝也。’乃制曲子曰《得宝子》。”

[29] 奇擎：用手托。

[30] 云盘：指发髻。

[31] 天家：指帝王。

第三出　贿　权[1]

【正宫引子·破阵子】（净扮安禄山箭衣、毡帽上）失意空悲头角[2]，伤心更陷罗罝[3]。异志十分难屈伏，悍气千寻[4]怎蔽遮？权时[5]宁耐些。

“腹垂过膝力千钧，足智多谋胆绝伦。谁道孽龙甘蠖屈[6]，翻江搅海便惊人。”自家安禄山，营州柳城人也。俺母亲阿史德，求子轧荦山中，归家生俺，因名禄山。那时光满帐房，鸟兽尽都鸣窜。后随母改嫁安延偃[7]，遂冒姓安氏。在节度使张守珪帐下投军。他道我生有异相，养为义子。授我讨击使之职，去征讨奚契丹。一时恃勇轻进，杀得大败逃回。幸得张节度宽恩不杀，解京请旨。昨日到京，吉凶未保。且喜有个结义兄弟，唤作张千，原是杨丞相府中干办。昨已买嘱解官，暂时松放。寻他通个关节[8]，把礼物收去了。着我今日到彼候复。不免前去走遭。（行介）唉，俺安禄山，也是个好汉，难道便这般结果了么？想起来好恨也！

【正宫过曲·锦缠道】莽龙蛇，本待将河翻海决，反做了失水瓮中鳖，恨樊笼霎时困了豪杰。早知道失军机要遭斧钺，倒不如丧沙场免受缧绁，蓦地里脚双跌。全凭仗金投暮夜[9]，把一身离阱穴。算有意天生吾也，不争[10]待半路枉摧折。

来此已是相府门首，且待张兄弟出来。（丑扮张千上）“君王舅子三公位，宰相家人七品官。”（见介）安大哥来了。丞相爷已将礼物全收，着你进府相见。（净揖介）多谢兄弟周旋。（丑）丞相爷尚未出堂，且到班房少待。“全凭内阁调元[11]手，（净）救取边关失利人。”（同下）

【仙吕引子·鹊桥仙】（副净扮杨国忠引祗从上）荣夸帝里，恩连戚畹[12]，兄妹都承天眷。中书[13]独坐揽朝权，看炙手威风赫烜。

“国政归吾掌握中，三台八座[14]极尊崇。退朝日晏归私第，无数官僚拜下风。”下官杨国忠，乃西宫贵妃之兄也。官居右相，

秩[15]晋司空。分日月之光华，掌风雷之号令。（冷笑介）穷奢极欲，无非行乐及时；纳贿招权，真个回天有力。左右回避。（从应下）（副净）适才张千禀说，有个边将安禄山，为因临阵失机，解京正法。特献礼物到府，要求免死发落。我想胜败乃兵家常事，临阵偶然失利，情有可原。（笑介）就将他免死，也是为朝廷爱惜人才。已曾吩咐令他进见，再作道理。（丑暗上，见介）张千禀事：安禄山在外伺候。（副净）着他进来。（丑）领钧旨。（虚下，引净青衣、小帽上，丑）这里来。（净膝行进见介）犯弁[16]安禄山，叩见丞相爷。（副净）起来。（净）犯弁是应死囚徒，理当跪禀。（副净）你的来意，张千已讲过了。且把犯罪情由，细说一番。（净）丞相爷听禀：犯弁遵奉军令，去征讨奚契丹呵，（副净）起来讲。（净起介）

【仙吕过曲·解三酲】恃勇锐冲锋出战，指征途所向无前。不提防番兵夜来围合转，临白刃剩空拳[17]。（副净）后来怎生得脱？（净）那时犯弁杀条血路，奔出重围。单枪匹马身幸免，只指望鉴录微功折罪愆。谁想今日呵，当刑宪！（叩首介）望高抬贵手，曲赐矜怜。

【前腔】【换头】（副净起介）论失律丧师关巨典，我虽总朝纲敢擅专？况刑书已定难更变，恐无力可回天。（净跪哭介）丞相爷若肯救援，犯弁就得生了。（副净笑介）便道我言从计听微有权，这就里机关不易言。（净叩头介）全仗丞相爷做主！（副净）也罢。待我明日进朝，相机而行便了。乘其便，便好开罗撤网，保汝生全。

（净叩头介）蒙丞相爷大恩，容犯弁犬马图报。就此告辞。（副净）张千引他出去。（丑应，同净出介）“眼望捷旌旗，耳听好消息。”（同下）（副净想介）我想安禄山乃边方末弁，从未著有劳绩，今日犯了死罪，我若特地救他，必动圣上之疑。（笑介）哦，有了。前日张节度疏[18]内，曾说他通晓六番言语，精熟诸般武艺，可当边将之任。我就授意兵部，以此为辞，奏请圣上，召他御前试验。于中乘机取旨，却不是好。

专权意气本豪雄，（卢照邻）
万态千端一瞬中。（吴融）
多积黄金买刑戮，（李咸用）
不妨私荐也成公。（杜荀鹤）

注释

[1] 贿权：幽州节度使张守珪派部下平卢讨击使、左骁卫将军安禄山，去攻打奚契丹部落。安禄山吃了败仗，应该被处死。张守珪是他的义父，为了避免他被重罚，把他押到京师问罪。丞相张九龄主张把他杀了。唐玄宗宽赦了他，只解除他的官职，仍旧叫他带兵。

[2] 头角：比喻超群的才华。

[3] 罗罝：罗网。指解京问罪。

[4] 千寻：形容高大威猛。寻，古代长度单位，八尺（或七尺）为一寻。

[5] 权时：暂时。

[6] 蠖屈：形容物形屈曲，状如屈蠖。比喻人郁郁不得志，屈身隐退。蠖，尺蠖，昆虫名，行动时一伸一屈。

[7] 安延偃：突厥族一个部落的酋长。

[8] 通个关节：为了获得包庇而买通官员。

[9] 金投暮夜：据《后汉书·杨震传》记载，东汉时昌邑令王密于夜晚以十斤黄金送给东莱太守杨震，杨震不收。这里指安禄山通过张千私下向杨国忠行贿。

[10] 不争：不曾，不至于。

[11] 调元：调和阴阳，这里指宰相治理国家。

[12] 戚畹：外戚。俞文豹《吹剑四录》："汉之天下，弊于戚畹。"

[13] 中书：官名，唐朝中书省的长官叫中书令。杨国忠当过右相兼文（吏）部尚书，右相相当于中书令。

[14] 三台八座：封建皇朝的最高政权机关。三台，汉代有三台，即尚书、御史、谒者。八座，官名合称。唐朝尚书令，左、右仆射为宰相，故以左、右丞及六部尚书为八座。

[15] 秩：官吏的官阶、品级。

[16] 弁：武官。《儒林外史》三十九回："叫各弁在辕门听候。"

[17] 剩空拳：只剩下最后一张弩弓。拳，弩弓。

[18] 张节度疏：指节度使张守珪的奏章。

第四出　春　睡

【越调引子·祝英台近】（旦引老旦扮永新、贴旦扮念奴上）梦回初，春透了，人倦懒梳裹。欲傍妆台，羞被粉脂涴[1]。（老旦、贴旦）趁他迟日房栊，好风帘幕，且消受熏香闲坐。

永新、念奴叩头。（旦）起来。【海棠春】流莺窗外啼声巧，睡未足，把人惊觉。（老）翠被晓寒轻，（贴）宝篆[2]沉烟袅。（旦）宿酲[3]未醒宫娥报，（老、贴）道别院笙歌会早。（旦）试问海棠花，（合）昨夜开多少？（旦）奴家杨氏，弘农人也。父亲元琰，官为蜀中司户。早失怙恃[4]，养在叔父之家。生有玉环，在于左臂，上隐"太真"二字。因名玉环，小字太真。性格温柔，姿容艳丽。漫揩罗袂，泪滴红冰；薄试霞绡，汗流香玉。荷蒙圣眷，拔自宫嫔。位列贵妃，礼同皇后。有兄国忠，拜为右相，三姐尽封夫人，一门荣宠极矣。昨宵侍寝西宫，（低介）未免云娇雨怯。今日晌午时分，才得起来。（老、贴）镜奁齐备，请娘娘理妆。（旦行介）绮疏[5]晓日珠帘映，红粉春妆宝镜催。

【越调过曲·祝英台】（坐对镜介）把鬓轻撩，鬟细整，临镜眼频睃[6]。（老）请娘娘贴上这花钿。（旦）贴了翠钿，（贴）再点上这胭脂。（旦）注了红脂，（老）请娘娘画眉。（旦画眉介）着意再描双蛾。（旦立起介）延俄[7]，慢支持杨柳腰身。（贴）呀，娘娘花儿也忘戴了。（代旦插花介）好添上樱桃花朵。（老、贴作看旦介）看了这粉容嫩，只怕风儿弹破。（老、贴）请娘娘更衣。（与旦更衣介）

【前腔】【换头】飘堕，麝兰香，金绣影，更了杏衫罗。（旦步介）（老、贴看介）你看小颤步摇[8]，轻荡湘裙。（旦兜鞋介）低蹴半弯凌波[9]，停妥。（旦顾影介）（老、贴）袅临风百种娇娆，（旦回身临镜介）（老，贴）还对镜千般婀娜。（旦作倦态，欠伸介）（老、贴扶介）娘娘，恁恹恹，何妨重就衾窝。

（旦）也罢，身子困倦，且自略睡片时。永新、念奴，与我放下帐儿。

正是："无端春色熏人困，才起梳头又欲眠。"（睡介）（老、贴放帐介）（老）万岁爷此时不进宫来，敢是到梅娘娘[10]那边去么？（贴）姐姐，你还不知道，梅娘娘已迁置上阳楼东了！（老）哦，有这等事！（贴）永新姐姐，这几日万岁爷专爱杨娘娘，不时来往西宫，连内侍也不教随驾了。我与你须要小心伺候。（生行上）

【前腔】【换头】欣可[11]，后宫新得娇娃，一日几摩挲！（生作进，老、贴见介）万岁爷驾到。娘娘刚才睡哩。（生）不要惊他。（作揭帐介）试把绡帐慢开，龙脑[12]微闻，一片美人香和[13]。瞧科，爱他红玉一团，压着鸳衾侧卧。（老、贴背介）这温存，怎不占了风流高座！

【前腔】【换头】（旦作惊醒，低介）谁个？蓦然揭起鸳帏，星眼倦还挼。（作坐起，摩眼、撩鬓介）（生）早则[14]浅淡粉容，消褪唇朱，掠削[15]鬓儿欹矬。（老、贴作扶旦起，旦作开眼复闭，立起又坐倒介）（生）怜他，侍儿扶起腰肢，娇怯怯难存难坐。（老、贴扶旦坐介）（生扶住介）恁朦腾，且索消详停和。

（旦）万岁！（生）春昼晴和，正好及时游赏，为何当午睡眠？（旦低介）夜来承宠，雨露恩浓，不觉花枝力弱。强起梳头，却又朦胧睡去。因此失迎圣驾。（生笑介）这等说，倒是寡人唐突了。（旦娇羞不语介）（生）妃子，看你神思困倦，且同到前殿去，消遣片时。（旦）领旨。（生、旦同行，老、贴随行介）（生）"落日留王母，（旦）微风倚少儿。（老、贴合）宫中行乐秘，少有外人知。"（生、旦转坐介）（丑上）"昼漏稀闻高阁报，天颜有喜近臣知。"启万岁爷，国舅杨丞相，遵旨试验安禄山，在宫门外回奏。（生）宣奏来。（丑宣介）杨丞相有宣。（副净上）"天下表章经院过，宫中笑语隔墙闻。"（拜见介）臣杨国忠见驾。愿吾皇万岁，娘娘千岁！（丑）平身。（副）臣启陛下，蒙委试验安禄山，果系人才壮健，弓马熟娴，特此复旨。（生）朕昨见张守珪奏称：禄山通晓六番言语，精熟诸般武艺，可当边将之任。今失机当斩，是以委卿验之。既然所奏不诬，卿可传旨禄山，赦其前罪。明日早朝引见，授职在京，以观后效。（副）领旨。（下）（丑）启万岁爷，沉香亭牡丹盛开，请万岁爷同娘娘赏玩。（生）今日对妃子，赏名花。高力士，可宣翰林李白，到沉香亭上，立草新词供奉。（丑）领旨。（下）（生）妃子，和你赏花去来。

倚槛繁花带露开，（罗虬）

（旦）相将游戏绕池台。（孟浩然）

（生）新歌一曲令人艳，（万楚）

（合）只待相如奉诏来。（李商隐）

注释

[1] 涴：沾污，污染。

[2] 篆：形容缕缕烟雾在空中飘扬，好像一个“篆”字。

[3] 宿酲：宿醉。

[4] 怙恃：父母的代称。

[5] 绮疏：窗户上的镂空花纹。也指镂花的窗户。

[6] 睃：斜视，斜着眼睛看。

[7] 延俄：待会儿。

[8] 步摇：一种首饰，上面缀着垂珠之类，插于发鬓，走路时会摇动。

[9] 半弯凌波：形容脚纤小，走路时袅袅婷婷，好像仙女洛神在水波上行走一样。曹植《洛神赋》：“凌波微步，罗袜生尘。”

[10] 梅娘娘：梅妃，即江采蘋。

[11] 欣可：满意。

[12] 龙脑：即冰片，一种香料。

[13] 美人香和：形容贵妃一身清香。

[14] 早则：早是，原来是。

[15] 掠削：梳理。

第五出　禊　游

【双调引子・贺圣朝】（丑上）崇班内殿称尊，天颜亲奉朝昏。金貂玉带蟒袍新，出入荷殊恩。

咱家高力士是也，官拜骠骑将军。职掌六宫之中，权压百僚之上。迎机导窾，摸揣圣情；曲意小心，荷承天宠。今乃三月三日，万岁爷与贵妃娘娘游幸曲江[1]，命咱召杨丞相并秦、韩、虢三国夫人，一同随驾。不免前去传旨与他。"传声报戚里，今日幸长杨[2]。"（下）

【前腔】（净冠带引从上）一从请托权门，天家雨露重新。纍臣[3]今喜作亲臣，壮怀会当伸。

俺安禄山，自蒙圣恩复官之后，十分宠眷。所喜俺生的一个大肚皮，直垂过膝。一日圣上见了，笑问此中何有？俺就对说，惟有一片赤心。天颜大喜，自此愈加亲信，许俺不日封王。岂不是非常之遇！左右，回避。（从应下）（净）今乃三月三日，皇上与贵妃游幸曲江。三国夫人随驾。倾城士女，无不往观。俺不免换了便服，单骑前往，游玩一番。（作更衣、上马行介）出得门来，你看香尘满路，车马如云，好不热闹也。正是："当路游丝萦醉客，隔花啼鸟唤行人。"（下）（副净、外扮王孙，末扮公子；各丽服，同行上）（合）

【仙吕入双调・夜行船序】春色撩人，爱花风如扇，柳烟成阵。行过处，辨不出紫陌红尘。（见介）请了。（副净、外）今日修禊[4]之辰，我每同往曲江游玩。（末、小生）便是，那边簇拥着一队车儿，敢是三国夫人来了。我每快些前去。（行介）纷纭，绣幕雕轩，珠绕翠围，争妍夺俊。氤氲，兰麝逐风来，衣彩珮光遥认。（同下）

（老旦绣衣扮韩国，贴白衣扮虢国，杂绯衣扮秦国，引院子、梅香各乘车行上）（合）

【前腔】【换头】安顿，罗绮如云，斗妖娆，各逞黛娥蝉鬓。蒙天宠，特敕共探江春。（老旦）奴家韩国夫人，（贴）奴家虢国夫人，（杂）奴家秦国夫人，（合）奉旨召游曲江。院子把车儿趱行前去。（院）晓得。（行介）（合）朱轮，碾破芳堤，遗珥坠簪，落花相衬。荣分，戚里从宸游，几队宫妆前进。（同下）

【黑蟆序】【换头】（净策马上，目视三国下介）妙啊，回瞬，绝代丰神，猛令咱一见，半晌销魂。恨车中马上，杳难亲近。俺安禄山，前往曲江，恰好遇着三国夫人，一个个天姿国色。唉，唐天子，唐天子！你有了一位贵妃，又添上这几个阿姨，好不风流也！评论，群花归一人，方知天子尊。且赶上前去，饱看一回。望前尘，馋眼迷奚，不免挥策频频。

（作鞭马前奔，杂扮从人上，拦介）咄，丞相爷在此，甚么人这等乱撞！（副净骑马上）为何喧嚷？（净、副净作打照面，净回马急下）（从）小的方才见一人，骑马乱撞过来，向前拦阻。（副净笑介）那去的是安禄山。怎么见了下官，就疾忙躲避了。（作沉吟介）三位夫人的车儿在那里？（从）就在前面。（副净）呀，安禄山那厮怎敢这般无礼！

【前腔】【换头】堪恨，藐视皇亲，傍香车行处，无礼厮混。陡冲冲怒起，心下难忍。叫左右，紧紧跟随着车儿行走，把闲人打开。（众应行介）（副净）忙奔，把金鞭辟路尘[5]，将雕鞍逐画轮。（合）语行人，慎莫来前，怕惹丞相生嗔。（同下）

【锦衣香】（净扮村妇，丑扮丑女，老旦扮卖花娘子，小生扮舍人[6]，行上）（合）妆扮新，添淹润；身段村，乔丰韵[7]，更堪怜芳草沾裾，野花堆鬓。（见介）（净）列位都是去游曲江的么？（众）正是。今日皇帝、娘娘，都在那里，我每同去看一看。（丑）听得皇帝把娘娘爱的似宝贝一般，不知比奴家容貌如何？（老旦笑介）（小生作看丑介）（丑）你怎么只管看我？（小生）我看大姐的脸上，倒有几件宝贝。（净）甚么宝贝？（小生）你看眼嵌猫睛石，额雕玛瑙纹，蜜蜡装牙齿，珊瑚镶嘴唇。（净笑介）（丑将扇打小生介）小油嘴，偏你没有宝贝。（小生）你说来。（丑）你后庭像银矿，掘过几多人！（净笑介）休得取笑。闻得三国夫人的车儿过去，一路上有东西遗下，我每赶上寻看。（丑）如此快走。（行介）（丑作娇态与小生诨介）（合）和风徐起荡晴云，钿车一过，草木皆春。（小生）且在这草里寻一寻，可有甚么？（老旦）我先去了。向朱门绣阁，卖花声叫的殷勤。（叫卖花下）（众作寻、各拾介）（丑问净介）你拾的甚么？（净）是一支簪子。（丑看介）是金的，上面一粒绯红的宝石。好造化！（净问丑介）你呢？（丑）一只凤鞋套儿。

（净）好好，你就穿了何如？（丑作伸脚比介）啐，一个脚指头也着不下。鞋尖上这粒珍珠，摘下来罢。（作摘珠、丢鞋介）（小生）待我袖[8]了去。（丑）你倒会作揽收拾！你拾的东西，也拿出来瞧瞧。（小生）一幅鲛绡帕儿，裹着个金盒子。（净接作开看介）咦，黑黑的黄黄的薄片儿[9]，闻着又有些香，莫不是要药么？（小生笑介）是香茶。（丑）待我尝一尝。（净争吃，各吐介）呸！稀苦的，吃他怎么！（小生作收介）罢了，大家再往前去。（行介）（合）蜂蝶闲相趁，柳迎花引，望龙楼倒泻，曲江将近。

（小生、净先下，丑吊场[10]叫介）你们等我一等。阿呀，尿急了，且在这里打个沙窝儿[11]去。（下）（老旦、贴、杂引院子、梅香行上）

【浆水令】扑衣香花香乱熏，杂莺声笑声细闻。看杨花雪落覆白蘋，双双青鸟，衔堕红巾。春光好，过二分，迟迟丽日催车进。（院）禀夫人：到曲江了。（老旦）丞相爷在那里？（院）万岁爷在望春宫，丞相爷先到那边去了。（老旦、杂、贴作下车介）你看果然好风景也！环曲岸，环曲岸，红酣绿匀。临曲水，临曲水，柳细蒲新。

（丑引小内侍、控马上）“敕传玉勒桃花马，骑坐金泥[12]蛱蝶裙。”（见介）皇上口敕：韩、秦二国夫人，赐宴别殿。虢国夫人，即令乘马入宫，陪杨娘娘饮宴。（老旦、杂、贴跪介）万岁！（起介）（丑向贴介）就请夫人上马。（贴）

【尾声】内家官[13]，催何紧。姐姐妹妹，偏背了[14]春风独近。（老旦、杂）不枉你淡扫蛾眉朝至尊。

（贴乘马，丑引下）（杂）你看裴家姐姐，竟自扬鞭去了。（老旦）且自由他。（梅香）请夫人别殿里上宴。

红桃碧柳禊堂春，（沈佺期）
（老旦）一种佳游事也均。（张谔）
（杂）愿奉圣情欢不极，（武平一）
（合）向风偏笑艳阳人。（杜牧）

注释

[1] 曲江：唐朝长安著名的风景区，皇帝和后妃常来此游玩。

[2] 今日幸长杨：指游曲江。长杨，秦、汉时的一座宫殿。

[3] 累臣：被俘者自称，这里指自己以前解京问罪。《左传·成公三年》：“以君之灵，累臣得归骨于晋，寡君之以为戮，死且不朽。”

[4] 修禊：古代一种迷信活动。农历三月上巳日（魏以后固定为三月三日），在水边嬉戏以消除不祥。

[5] 辟路尘：开路。

[6] 舍人：宋元以来称显贵子弟为舍人。

[7] 乔丰韵：怪模样。

[8] 袖：作动词用，把东西放在袖子里。

[9] 黑黑的黄黄的薄片儿：应该指槟榔，吃了助消化。

[10] 吊场：一出戏，其他角色先下场，只留下一人独唱下场诗（或打诨），称吊场。这里指一场戏结束，马上要转到另一场戏了。

[11] 打个沙窝儿：俗语，指女人随地小便。

[12] 金泥：金屑做的一种颜料。

[13] 内家官：宫内官，这里指传旨的小内侍。

[14] 偏背了：意思是我自己独自去了。

第六出　傍　讶

【中吕过曲·缕缕金】(丑上)欢游罢，驾归来。西宫因个甚，恼君怀？敢为春筵畔，风流尴尬，怎一场乐事陡成乖[1]？教人好疑怪，教人好疑怪。

前日万岁爷同杨娘娘游幸曲江，欢天喜地。不想昨日娘娘忽然先自回宫，万岁爷今日才回，圣情十分不悦。未知何故？远远望见永新姐来了，咱试问他。(老旦上)

【前腔】宫闱事[2]，费安排。云翻和雨覆，蓦地闹阳台。(丑见介)永新姐，来得恰好。我问你，万岁爷为何不到杨娘娘宫中去？(老)唉，公公，你还不知么！两下参商[3]后，装幺作态。(丑)为着甚来？(老)只为并头莲傍有一枝开。(丑)是那一枝呢？(老笑介)公公，你聪明人自参解，聪明人自参解。

(丑笑介)咱那里得知！永新姐，你可说与我听。(老)若说此事，原是我娘娘自己惹下的。(丑)为何？(老)只为娘娘把那虢国夫人呵，

【剔银灯】常则向君前喝采，妆梳淡天然无赛。那日在望春宫，教万岁召他侍宴。三杯之后，便暗中筑座连环寨[4]，哄结上同心罗带。(丑拍手笑介)阿呀，咱也疑心有此。却为何烦恼哩？(老)后来娘娘恐怕夺了恩宠，因此上嫌猜。恩情顿乖，热打对鸳鸯散开。

(丑)原来虢国夫人，在望春宫有了言语，才回去的。(老)便是。那虢国夫人去时，我娘娘不曾留得。万岁爷好生[5]不快，今日竟不进西宫去了。娘娘在那里只是哭哩。(丑)咱想杨娘娘呵，

【前腔】娇痴性天生忒利害。前时逼得个梅娘娘，直迁置楼东无奈。如今这虢国夫人，是自家的妹子，须知道连枝同气情非外，怎这点儿也难分爱。(老)这且休提。只是往常，万岁爷与娘娘行坐不离，如今两下不相见面，怎生是好？(丑)吾侪，如何布摆，且和你从旁看来。

(内)有旨宣高公公。(丑)来了。

狎宴临春[6]日正迟，（韩偓）
（老旦）宠深还恐宠先衰。（罗虬）
（丑）外头笑语中猜忌，（陆龟蒙）
（老旦）若问傍人那得知！（崔颢）

注释

[1] 陡成乖：突然闹别扭。
[2] 宫闱事：指皇帝和后妃之间的事。宫闱，后妃居住的地方。
[3] 两下参商：两人因为意见不合而闹别扭。
[4] 筑座连环寨：军队分兵扎营，以便互相呼应。这里用来比喻相互勾结。
[5] 好生：非常。
[6] 临春：南朝陈后主的宫殿名。

第七出　幸　恩

【商调引子·绕池游】（贴上）瑶池陪从，何意承新宠？怪青鸾把人和哄，寻思万种。这其间无端瞰[1]动，奈谣诼蛾眉未容[2]。

"玉燕轻盈弄雪辉，杏梁偷宿影双依。赵家姐妹多相妒，莫向昭阳殿里飞。"奴家杨氏，幼适裴门。琴断朱弦[3]，不幸文君早寡[4]；香含青琐，肯容韩掾轻偷？以妹玉环之宠，叨膺虢国之封。虽居富贵，不爱铅华[5]。敢夸绝世佳人，自许朝天素面。不想前日驾幸曲江，敕陪游赏。诸姐妹俱赐宴于外，独召奴家，到望春宫侍宴。遂蒙天眷，勉尔承恩。圣意虽浓，人言可畏。昨日要奴同进大内，再四辞归。仔细想来，好侥幸人也。

【商调过曲·字字锦】恩从天上浓，缘向生前种。金笼花下开，巧赚娟娟凤。烛花红，只见弄盏传杯，传杯处，蓦自里话儿唧哝。匆匆，不容宛转，把人央入帐中。思量帐中，帐中欢如梦。绸缪处两心同。绸缪处两心暗同。奈朝来背地，有人在那里，人在那里，装模作样，言言语语，讥讥讽讽。咱这里羞羞涩涩，惊惊恐恐，直恁被他拷弄。

【不是路】（末扮院子、副净扮梅香暗上）（老旦引外扮院子，丑扮梅香上）吹透春风，戚畹花开别样秾[6]。前日裴家妹子独承恩幸。我约柳家妹子，同去打觑[7]一番。不料他气的病了，因此独自前去。（外）禀夫人：到虢府了。（老旦）通报去。（外报介）（末传介）韩国夫人到。（贴）道有请。（副净请介）（外、末暗下）（贴出，迎老旦进介）（贴）姐姐请。（副净、丑诨[8]下）（老旦）妹妹喜也。（贴）有何喜来？（老旦）邀殊宠，一枝已傍日边红。（贴作羞介）姐姐，说那里话！我进离宫，也不过杯酒相陪奉，湛露君恩内外同。（老旦笑介）虽则一般赐宴，外边怎及里边。休调哄，九重[9]春色偏知重，有谁能共？（贴）有何难共？

（老旦）我且问你，看见玉环妹妹，在宫光景如何？

【满园春】（贴）春江上，景融融。催侍宴，望春宫。那玉环妹妹呵，

新来倚贵添尊重。（老旦）不知皇上与他怎生恩爱？（贴）春宵里，春宵里，比目儿和同。谁知得雨云踪？（老旦）难道一些不觉？（贴）只见玉环妹妹的性儿，越发骄纵了些。细窥他个中，漫参他意中，使惯娇憨。惯使娇憨，寻瘢索绽[10]，一谜儿自逞心胸。

（老旦）他自小性儿是这般的，妹妹，你还该劝他才是。（贴）那个耐烦劝他？

【前腔】【换头】（老旦）他情性多骄纵，恃天生百样玲珑，姐妹行且休傍作诵[11]。况他近日呵，昭阳内，昭阳内，一人独占三千宠。问阿谁能与竞雌雄？（贴）谁与他争！只是他如此性儿，恐怕君心不测！（老旦起，背介）细听裴家妹子之言，必有缘故。细窥他个中，漫参他意中，使恁骄嗔。恁使骄嗔，藏头露尾，敢别有一段心胸！

（末上）"意外闻严旨，堂前报贵人。"（见介）禀夫人：不好了。贵妃娘娘忤旨，圣上大怒，命高公公送归丞相府中了。（老旦惊介）有这等事！（贴）我说这般心性，定然惹下事来。（老旦）虽然如此，我与你姐妹之情，且是关系大家荣辱，须索前去看他才是！（贴）正是，就请同行。（老旦）

【尾声】忽闻严谴心惊恐，（贴）整香车同探吉凶。姐姐，那玉环妹妹，可不被梅妃笑杀也！（合）倒不如冷淡梅花仍开紫禁中！

（贴）传闻阙下降丝纶[12]，（刘长卿）
（老旦）出得朱门入戟门[13]。（贾岛）
（贴）何必君恩能独久，（乔知之）
（老旦）可怜荣落在朝昏。（李商隐）

注释

[1] 啾：表示申斥或不满意。

[2] 奈谣诼蛾眉未容：意思是有人造谣使我感到无奈，无法容身。屈原《离骚》："众女嫉余之蛾眉兮，谣诼谓余以善淫。"蛾眉，虢国夫人自称。

[3] 琴断朱弦：比喻配偶已去世。

[4] 文君早寡：卓文君以前寡居在家，后遇到司马相如嫁给了他。这里指虢

国夫人说自己寡居。

[5] 不爱铅华：不爱打扮。铅华，铅粉。用于涂面的化妆品。曹植《七启》："玄眉弛兮铅华落，收乱发兮拂兰泽。"

[6] 秾：花木茂盛的样子。

[7] 打觑：探看。

[8] 诨：演员即兴添加的有趣的对话，也可以语言幽默，带有讽刺的意味。

[9] 九重：帝王住的宫禁之地。《楚辞·九辩》："君之门以九重。"这里指天子。

[10] 寻瘢索绽：挑剔别人的不是。

[11] 作诵：说别人的不好。

[12] 丝纶：指天子之言，帝王的诏书。《礼记·缁衣》："王言如丝，其出如纶。"这里指圣旨。

[13] 戟门：以戟为门。后比喻显贵人家。元稹《暮秋》："看著墙西日又沉，步廊回合戟门深。"这里比喻杨贵妃从宫门出来，进入了丞相府门。戟，古代的一种兵器，是矛和戈的合体，兼备直刺、旁击、横钩的作用。

第八出　献　发

（副净急上）"天有不测风云，人有旦夕祸福。"下官杨国忠，自从妹子册立贵妃，权势日盛。不想今早忽传贵妃忤旨，被谪出宫，命高内监单车送到门来。未知何故，好生惊骇！且到门前迎接去。（暂下）

【仙吕过曲·望吾乡】（丑引旦乘车上）无定君心，恩光那处寻？蛾眉忽地遭撕窨[1]，思量就里知他怎？弃掷何偏甚！长门隔，永巷深[2]，回首处，愁难禁。

（副净上，跪接介）臣杨国忠迎接娘娘。（丑）丞相，快请娘娘进府，咱家还有话说。（副）院子，吩咐丫鬟每，迎接娘娘到后堂去。（丫鬟上，扶旦下车，拥下）（副净揖丑介）老公公请坐，不知此事因何而起？（丑）娘娘呵，

【一封书】君王宠最深，冠椒房专侍寝。昨日呵，无端忤圣心，骤然间商与参。丞相不要怪咱家多口，娘娘呵，生性娇痴多习惯，未免嫌疑生抱衾[3]。（副净）如今谪遣出来，怎生是好？（丑）丞相且到朝门谢罪，相机而行。（副净）老公公，全仗你进规箴，悟当今[4]。（丑）这个自然。（合）管重取宫花入上林[5]。

（丑）就此告别。（副净）下官同行。（向内介）吩咐丫鬟，好生伺候娘娘。（内应介）（副净）"乌鸦与喜鹊同行，吉凶事全然未保。"（同丑下）

【中吕引子·行香子】（旦引梅香上）乍出宫门，未定惊魂，渍愁妆满面啼痕。其间心事，多少难论。但惜芳容，怜薄命，忆深恩。

"君恩如水付东流，得宠忧移失宠愁。莫向樽前奏《花落》[6]，凉风只在殿西头。"我杨玉环，自入宫闱，过蒙宠眷。只道君心可托，百岁为欢。谁想妾命不犹[7]，一朝逢怒。遂致促驾宫车，放归私第。金门一出，如隔九天。（泪介）天那，禁中明月，永无照影之期；苑外飞花，已绝上枝之望。抚躬自悼，掩袂徒嗟。好

生伤感人也！

【中吕过曲·榴花泣】【石榴花】罗衣拂拭犹是御香熏，向何处谢前恩？想春游春从晓和昏，【泣颜回】岂知有断雨残云？我含娇带嗔，往常间他百样相依顺，不提防为着横枝[8]，陡然把连理轻分。

丫鬟，此间可有那里望见宫中？（梅）前面御书楼上，西北望去，便是宫墙了。（旦）你随我楼上去来。（梅）晓得。（旦登楼介）“西宫渺不见，肠断一登楼。”（梅指介）娘娘，这一带黄设设的琉璃瓦，不是九重宫殿么？（旦作泪介）

【前腔】凭高洒泪，遥望九重阍，咫尺里隔红云。叹昨宵还是凤帏人，冀回心重与温存。天乎太忍，未白头先使君恩尽。（梅指介）呀，远远望见一个公公，骑马而来，敢是召娘娘哩！（旦叹介）料非他丹凤衔书[9]，多又恐乌鸦传信。

（旦下楼介）（丑上）“暗将怀旧意，报与失欢人。”（见介）高力士叩见娘娘。（旦）高力士，你来怎么？（丑）奴婢恰才复旨，万岁爷细问娘娘回府光景，似有悔心。现今独坐宫中，长吁短叹，一定是思想娘娘。因此特来报知。（旦）唉，那里还想着我！（丑）奴婢愚不谏贤，娘娘未可太执意了。倘有甚么东西，付与奴婢，乘间进上，或者感动圣心，也未可知。（旦）高力士，你教我进甚么东西去好？（想介）

【喜渔灯犯】【喜渔灯】思将何物传情悃，可感动君？我想一身之外，皆君所赐，算只有愁泪千行，作珍珠乱滚；又难穿成金缕，把雕盘进。哦，有了，【剔银灯】这一缕青丝香润，曾共君枕上并头相偎衬，曾对君镜里撩云。丫鬟，取镜台金剪过来。（梅应，取上介）（旦解发介）哎，头发，头发！【渔家傲】可惜你伴我芳年，剪去心儿未忍。只为欲表我衷肠。（作剪发介）剪去心儿自悯。（作执发起，哭介）头发，头发！【喜渔灯】全仗你寄我殷勤。（拜介）我那圣上呵，奴身，止鬖鬖发数根，这便是我的残丝断魂。

（起介）高力士，你将去与我转奏圣上。（哭介）说妾罪该万死，此生此世，不能再睹天颜！谨献此发，以表依恋。（丑跪接发搭肩上介）娘娘请免愁烦，奴婢就此去了。“好凭缕缕青丝发，重结双双白首缘。”（下）（旦坐哭介）（老旦、贴上）

【榴花灯犯】【剔银灯】听说是贵妃妹忤君。【石榴花】听说是返家门，【普天乐】听说是失势兄忧悯，听说是中官[10]至，未审何云？（进介）贵妃娘娘那里？（梅）韩、虢二国夫人到了。（旦作哭不语介）（老旦、贴见介）（老旦）贵妃请免愁烦。（同哭介）（贴）前日在望春宫，皇上十分欢喜，为何忽有此变？【渔家傲】我只道万岁千秋欢无尽，【尾犯序】我只道任伊行笑颦，【石榴花】我只道纵差池，谁和你评论！（老旦）裴家妹子，【锦缠道】休只管闲言絮陈。贵妃，你逢薄怒[11]其中有甚根因？（旦作不理介）（贴）贵妃，你莫怪我说，【剔银灯】自来宠多生嫌衅，可知道秋叶君恩？恁为人，怎趋承至尊？（老旦合）【雁过声】姐妹每情切来相问，为甚么耳畔哝哝总似不闻！（旦）【尾声】秋风团扇原吾分，多谢连枝特过存[12]。总有万语千言，只在心上忖。

（竟下）（贴）姐姐，你看这个样子，如何使得？（老旦）正是，我每特来看他，他心上有事，竟自进房去了。妹子，你再到望春宫时，休要学他。（贴羞介）啐！

今朝忽见下天门，（张籍）
（老旦）相对那能不怆神。（廖匡图）
（贴）冷眼静看真好笑，（徐夤）
（老旦）中含芒刺欲伤人。（陆龟蒙）

注释

[1] 撅窖：挫折，这里是被谴的意思。

[2] “长门隔”两句：意思是长门、永巷都去不了。长门，指失宠后妃的居所。永巷，禁闭有罪宫女的地方。

[3] 抱衾：《诗经·召南·小星》：“肃肃宵征，抱衾与裯。”这里指虢国夫人与唐明皇偷偷地发生关系。

[4] 当今：称在位的皇帝。

[5] 上林：上林苑，秦汉时的皇家园林。这里指唐宫苑。

[6]《花落》：乐曲名，即《梅花落》。

[7] 不犹：比平常坏的意思。《诗经·召南·小星》：“寔命不犹。”

[8] 横枝：丫杈。这里比喻虢国夫人。
[9] 丹凤衔书：指赦免的圣旨。
[10] 中官：太监。
[11] 薄怒：发怒。《诗经·邶风·柏舟》：“薄言往诉，逢彼之怒。”
[12] 多谢连枝特过存：感谢姐姐们特地过来安慰我。

第九出　复　召

【南吕引子·虞美人】（生上）无端惹起闲烦恼，有话将谁告？此情已自费支持，怪杀鹦哥不住向人提。

“辇路生春草，上林花满枝。凭高何限意，无复侍臣知。”寡人昨因杨妃娇妒，心中不忿，一时失计，将他遣出。谁想佳人难得，自他去后，触目总是生憎，对景无非惹恨。那杨国忠入朝谢罪，寡人也无颜见他。（叹介）咳，欲待召取回宫，却又难于出口，若是不召他来，教朕怎生消遣，好刬划不下也！

【南吕过曲·十样锦】【绣带儿】春风静，宫帘半启，难消日影迟迟。听好鸟犹作欢声[1]，睹新花似斗容辉。追悔，【宜春令】悔杀咱一划儿粗疏，不解他十分的娇殢[2]。枉负了怜香惜玉，那些情致。（副净扮内监上）“脍下玉盘红缕[3]细，酒开金瓮绿醅浓。”（跪见介）请万岁爷上膳。（生不应介）（副净又请介）（生恼介）哇，谁着你请来！（副净）万岁爷自清晨不曾进膳，后宫传催排膳伺候。（生）哇，甚么后宫！叫内侍。（二内侍应上）（生）揣这厮去打一百，发入净军所[4]去。（内侍）领旨。（同揣副净下）（生）哎，朕在此想念妃子，却被这厮来搅乱一番。好烦恼也！【降黄龙换头】思伊，纵有天上琼浆，海外珍馐知他甚般滋味！除非可意，立向跟前，方慰调饥[5]。（净扮内监上）“尊前绮席陈歌舞，花外红楼列管弦。”（见跪介）请万岁爷沉香亭上饮宴，听赏梨园新乐。（生）哇，说甚沉香亭，好打！（净叩头介）非干奴婢之事，是太子诸王，说万岁爷心绪不快，特请消遣。（生）哇，我心绪有何不快！叫内侍。（内侍应上）（生）揣这厮去，打一百，发入惜薪司当火者去。（内侍）领旨。（同揣净下）（生）内侍过来。（内侍应上）（生）着你二人看守宫门，不许一人擅入，违者重打。（内侍）领旨。（作立前场介）（生）唉，朕此时有甚心情，还去听歌饮酒。【醉太平】想亭际，凭阑仍是玉阑干，问新妆有谁同倚？就有新声呵，知音人逝，他鹍弦[6]绝响，我玉笛羞吹。（丑肩搭发上）【浣溪纱】离别悲，相思意，两下里抹媚[7]谁知！我从旁参透个中机，要打合鸾凰在一处飞。（见内侍介）万岁爷在那里？（内侍）独自坐在宫中。（丑欲入，内侍拦介）（丑）你怎么拦阻咱家？（内侍）万岁爷十分着恼，把进膳的连打了两个，特着我每看守宫门，不许一人擅入。（丑）原来如此，咱家且候着。（生）朕委无聊赖，且到宫门外闲步片时。（行介）看一带瑶阶依然芳草齐，不见蹴裙裾珠履追随。（丑望介）万岁爷出来了，咱且闪在门外，觑个机会。（虚下，即上，听介）（生）寡人在此思念妃子，不知妃子又怎生思念寡人哩！早间问高力士，他说妃子出去，泪眼不干，教朕寸心如割。这半日间，无从再知消息。高力士这厮，也竟不到朕跟前，好生可恶！（丑见介）奴婢在这里。（生）（作看丑介）（生）高力士，你肩上搭的甚么东西？（丑）是杨娘娘的头发。（生笑介）甚么头发？（丑）娘娘说道：自恨愚昧，上忤圣心，罪应万死。今生今世，不能够再睹天颜，特剪下这头发，着奴婢献上万岁爷，以表依恋之意。（献发介）（生执发看，哭介）哎哟，我那妃子呵！【啄木儿】记前宵枕边闻香气，到今朝剪却和愁寄。觑青丝肠断魂迷。想寡人与妃子，恩情中断，就似这头发也。一霎里落金刀长辞云髻。（丑）万岁爷！【鲍老催】请休惨凄，奴婢想杨娘娘既蒙恩幸，万岁爷何惜宫中片席之地，乃使沦落外边！春风肯教天上回，名花便从苑外移[8]。（生作想介）只是寡人已经放出，怎好召还？（丑）有罪放出，悔过召还，正是圣主如天之度。（生点头介）（丑）况今早单车送出，才是黎明，此时天色已暮，开了安庆坊，从太华宅而入，外人谁得知之。（叩头介）乞鉴原，赐迎归，无淹滞。稳情取一笑愁城自解围。（生）高力士，就着你迎取贵妃回宫便了。（丑）领旨。（下）（生）咳，妃子来时，教寡人怎生相见也！【下小楼】喜得玉人归矣，又愁他惯娇嗔，背面啼，那时将何言语饰前非！罢，罢，这原是寡人不是，拚[9]把百般亲媚，酬他半日分离。（丑同内侍、宫女纱灯引旦上）【双声子】香车曳，香车曳，穿过了宫槐翠。纱笼对，纱笼对，掩映着宫花丽。（内侍、宫女下）（丑进报介）杨娘娘到了。（生）快宣进来。（丑）领旨。杨娘娘有宣。（旦进见介）臣妾杨氏见驾，死罪，死罪！（俯伏介）（生）平身。（丑暗下）（旦跪泣介）臣妾无状，上干天谴。今得重睹圣颜，死亦瞑目。（生同泣介）妃子何出此言？（旦）【玉漏迟序】念臣妾如山罪累，荷皇恩如天容庇。今自艾，愿承鱼贯[10]敢妒蛾眉？

（生扶旦起介）寡人一时错见，从前的话，不必再提了。（旦泣起介）万岁！

（生携旦手与旦拭泪介）

【尾声】从今识破愁滋味，这恩情更添十倍。妃子，我且把这一日相思诉与伊！

（宫娥上）西宫宴备，请万岁爷、娘娘上宴。

（生）陶出真情酒满尊，（李中）
（旦）此心从此更何言。（罗隐）
（生）别离不惯无穷忆，（苏颋）
（旦）重入椒房拭泪痕。（柳公权）

注释

[1] 欢声：双关之意，既指鸟叫声，又指情人。
[2] 殢：困扰，纠缠。
[3] 红缕：被切细的肉。
[4] 净军所：古代监禁太监的地方。
[5] 调饥：早上没吃东西时的饥饿状态。
[6] 鹍弦：用鹍鸡筋做的琵琶弦。苏轼《杜介熙熙堂》："遥想闭门投辖饮，鹍弦铁拨响如雷。"这里指代琵琶。
[7] 抹媚：因为相思而痴迷的样子。
[8] "春风肯教天上回"两句：意思是如果您（皇帝）回心转意，贵妃就会从外面回来。
[9] 拚：舍弃，不顾惜一切。晏几道《鹧鸪天》："彩袖殷勤捧玉钟，当年拚却醉颜红。"
[10] 愿承鱼贯：愿意依次而进，不再嫉妒。鱼贯，像鱼游一样先后相续。《三国志・魏书・邓艾传》："山高谷深，至为艰险……艾以毡自裹，推转而下，将士皆攀木缘崖，鱼贯而进。"

第十出 疑 谶[1]

（外扮郭子仪将巾、佩剑上）“壮怀磊落有谁知，一剑防身且自随。整顿乾坤济时了，那回方表是男儿。”自家姓郭名子仪，本贯华州郑县人氏。学成韬略[2]，腹满经纶[3]。要思量做一个顶天立地的男儿，干一桩定国安邦的事业。今以武举出身，到京谒选[4]。正值杨国忠窃弄威权，安禄山滥膺[5]宠眷。把一个朝纲，看看弄得不成模样了。似俺郭子仪，未得一官半职，不知何时，才得替朝廷出力也呵！

【商调·集贤宾】论男儿壮怀须自吐，肯空向杞天呼？笑他每似堂间处燕[6]，有谁曾屋上瞻乌[7]！不提防柙虎樊熊，任纵横社鼠城狐[8]。几回家听鸡鸣起身独夜舞[9]。想古来多少乘除[10]，显得个勋名垂宇宙，不争便姓字老樵渔！

且到长安市上，买醉一回。（行科）

【逍遥乐】向天街徐步，暂遣牢骚，聊宽逆旅。俺则见来往纷如，闹昏昏似醉汉[11]难扶，那里有独醒行吟楚大夫[12]！俺郭子仪呵，待觅个同心伴侣，怅钓鱼人去，射虎人遥，屠狗人无[13]。

（下）（丑扮酒保上）“我家酒铺十分高，罚誓无赊挂酒标。只要有钱凭你饮，无钱滴水也难消。”小子是这长安市上，新丰馆大酒楼，一个小二哥的便是。俺这酒楼，在东、西两市中间，往来十分热闹。凡是京城内外，王孙公子，官员市户，军民百姓，没一个不到俺楼上来吃三杯。也有吃寡酒的，吃案酒的，买酒去的，包酒来的，打发个不了。道犹未了，又一个吃酒的来也。（外行上）

【上京马】遥望见绿杨斜靠画楼隅，滴溜溜一片青帘风外舞，怎得个燕市酒人[14]来共沽！（唤科）酒家有么？（丑迎科）客官，请楼上坐。（外作上楼科）是好一座酒楼也。敞轩窗日朗风疏。见四周遭粉壁上，都画着醉仙图。

（丑）客官自饮，还是待客？（外）独饮三杯，有好酒呵取来。（丑）有好酒。（取酒上科）酒在此。（内叫科）小二哥，这里来。（丑应忙下）（外饮酒科）

【梧叶儿】俺非是爱酒的闲陶令[15]，也不学使酒的莽灌夫[16]，一谜价痛饮兴豪粗。撑着这醒眼儿谁偢睬？问醉乡深可容得吾？听街市恁喳呼，偏冷落高阳酒徒[17]。

（作起看科）（老旦扮内监，副净、末、净扮官，各吉服，杂捧金币、牵羊担酒随行上，绕场下）（丑捧酒上）客官，热酒在此。（外）酒保，我问你咱，这楼前那些官员，是往何处去来？（丑）客官，你一面吃酒，我一面告诉你波。只为国舅杨丞相，并韩国、虢国、秦国三位夫人，万岁爷各赐造新第。在这宣阳里中，四家府门相连，俱照大内一般造法。这一家造来，要胜似那一家的；那一家造来，又要赛过这一家的。若见那家造得华丽，这家便拆毁了，重新再造。定要与那家一样，方才住手。一座厅堂，足费上千万贯钱钞。今日完工，因此合朝大小官员，都备了羊酒礼物，前往各家称贺，打从这里过去。（外惊科）哦，有这等事！（丑）待我再去看热酒来波。（下）（外叹科）呀，外戚宠盛，到这个地位，如何是了也！

【醋葫芦】怪私家恁僭窃[18]，竞豪奢夸土木。一班儿公卿甘作折腰趋，争向权门如市附。再没有一个人呵，把舆情向九重分诉。可知他朱甍碧瓦，总是血膏涂！

（起科）心中一时忿懑，不觉酒涌上来，且向四壁闲看一回。（作看科）这壁厢细字数行，有人题的诗句。我试觑波。（作看念科）"燕市人皆去，函关马不归。若逢山下鬼，环上系罗衣。"呀，这诗是好奇怪也！

【幺篇】我这里停睛一直看，从头儿逐句读。细端详诗意少祯符[19]。且看是甚么人题的？（又看念科）李遐周题。（作想科）李遐周，这名字好生识熟！哦，是了，我闻得有个术士李遐周，能知过去未来，必定就是他了。多则是就里难言藏谶语，猜诗谜杜家何处？早难道醉来墙上信笔乱鸦涂[20]！

（内作喧闹科）（外唤科）酒保那里？（丑上）客官，做甚么？（外）楼下为何又这般喧闹？（丑）客官，你靠着这窗儿，往下看去就是。

（外看科）（净王服、骑马，头踏[21]职事前导引上，绕场行下科）（外）那是何人？（丑笑指科）客官，你不见他那个大肚皮么？这人姓安名禄山。万岁爷十分宠爱他，把御座的金鸡步障，都赐与他坐过，今日又封他做东平郡王。方才谢恩出朝，赐归东华门外新第，打从这里经过。（外惊怒科）呀，这、这就是安禄山么？有何功劳，遽封王爵？唉，我看这厮面有反相，乱天下者，必此人也！

【金菊香】见了这野心杂种牧羊的奴，料蜂目豺声定是狡徒。怎把个野狼引来屋里居？怕不将题壁诗符？更和那私门贵戚一例逞妖狐。

（丑）客官，为甚事这般着恼来？（外）

【柳叶儿】哎，不由人冷飕飕冲冠发竖，热烘烘气夯胸脯，咭当当把腰间宝剑频频觑。（丑）客官，请息怒，再与我消一壶波。（外）呀，便教俺倾千盏，饮尽了百壶，怎把这重沉沉一个愁担儿消除！

（作起身科）不吃酒了，收了这酒钱去者。（丑作收科）别人来"三杯和万事"，这客官"一气惹千愁"。（下）（外作下楼、转行科）我且回到寓中去波。

【浪来里】见着那一桩桩伤心的时事迍，凑着那一句句感时的诗谶伏，怕天心人意两难摸，好教俺费沉吟、跄踖地将眉对蹙。看满地斜阳欲暮，到萧条客馆兀自意踌蹰。

（作到寓进坐科）（副净扮家将上）（见科）禀爷：朝报到来。（外看科）"兵部一本：为除授官员事。奉圣旨，郭子仪授为天德军使。钦此。"原来旨意已下，索早收拾行李，即日上任去者。（副净应科）（外）俺郭子仪虽则官卑职小，便可从此报效朝廷也呵！

【高过随调煞】赤紧似尺水中展鬣鳞，枳棘中拂毛羽。且喜奋云霄有分上天衢，直待的把乾坤重整顿，将百千秋第一等勋业图。纵有妖氛孽蛊[22]，少不得肩担日月，手把大唐扶。

马蹄空踏几年尘，（胡宿）
长是豪家据要津[23]。（司空图）
卑散[24]自应霄汉隔，（王建）
不知忧国是何人？（吕温）

注释

[1] 谶：预示未来事态的隐语、图记。

[2] 韬略：用兵的谋略。古代兵书有《六韬》《三略》，故称。《三国演义》二十九回："此人胸怀韬略，腹隐机谋。"

[3] 经纶：理出丝绪为经，编丝成绳为纶。比喻筹划国家大事。《后汉书·南匈奴传论》："自后经纶失方，畔服不一，其为疢毒，胡可单言！"

[4] 谒选：等候任用。

[5] 膺：受。《后汉书·章帝纪》："膺五福之庆，获来仪之贶。"

[6] 堂间处燕：比喻不知处境危险。典出《孔丛子·论势》，燕子在屋子上筑巢，老喂幼，却不知烟囱冒出的火焰快把屋子烧着了，还很快活，不知大祸即将来临。

[7] 屋上瞻乌：看那象征灾难的乌鸦不知会停在谁家的屋上。比喻担忧国家的前途。《诗经·小雅·正月》："瞻乌爰止，于谁之屋。"

[8] 不提防柙虎樊熊，任纵横社鼠城狐：柙虎、樊熊，皆为野兽，这里指安禄山野心勃勃，随时可能叛变。社鼠、城狐，比喻杨国忠等奸臣。

[9] 几回家听鸡鸣起身独夜舞：闻鸡起舞，表达自己的报国大志。典出《晋书·祖逖传》，东晋将领祖逖年轻时和刘琨友善，二人同床而眠。祖逖夜里听到鸡鸣，就叫刘琨起床，一起习武。

[10] 乘除：指人事的消长、兴衰、成败。陆游《遣兴》："寄语莺花休入梦，世间万事有乘除。"

[11] 醉汉：指看不清时局的人。

[12] 楚大夫：屈原。这里是郭子仪自称。

[13] "怅钓鱼人去"两句：钓鱼人、射虎人、屠狗人，皆为古代有所作为的名人。钓鱼人，即西周的开国大臣吕尚。据《史记·齐太公世家》记载，吕尚隐居时于渭滨磻溪垂钓，与打猎的周文王相遇。后来他助武王灭商有功，建立周朝。射虎人，即西汉名将李广。据《史记·李将军列传》记载，李广在蓝田南山打猎时，把石头当成老虎来射，竟然将石头射穿，后又多次射猛虎。屠狗人，即西汉初将领樊哙。樊哙原以屠狗为生，后随刘邦起兵，助刘邦灭秦，统一天下。被封舞阳侯。

[14] 燕市酒人：指战国时的荆轲。他曾刺秦王。

[15] 闲陶令：指悠闲自得的东晋著名隐士陶潜（陶渊明）。他曾任彭泽县令，著有《桃花源记》。

[16] 莽灌夫：鲁莽的灌夫。西汉人，性情刚烈，因酒后骂丞相田蚡而被杀。

[17] 高阳酒徒：指汉朝谋士郦食其。高阳人，爱喝酒，故自称高阳酒徒。

[18] 僭窃：胡乱冒充名位，进行非分的享受。
[19] 少祯符：不吉利。
[20] 鸦涂：字写得歪歪扭扭，像画的乌鸦一样。
[21] 头踏：古代官员出行时排在前面的仪仗队。
[22] 孽蛊：祸害。
[23] 要津：重要的渡口，比喻政府中的重要职位。李商隐《为张周封上杨相公启》："心惊于急弦劲矢，目断于高足要津。"
[24] 卑散：不重要的卑官散职。

第十一出　闻　乐

【南吕引子·步蟾宫】（老旦扮嫦娥，引仙女上）清光独把良宵占，经万古纤尘不染。散瑶空，风露洒银蟾[1]，一派仙音微飐。

“药捣长生离劫尘，清妍面目本来真。云中细看天香[2]落，仍倚苍苍桂一轮。”吾乃嫦娥是也，本属太阴之主，浪传后羿之妻[3]。七宝团圞，周三万六千年内；一轮皎洁，满一千二百里中。玉兔、金蟾，产结长明至宝；白榆、丹桂，种成万古奇葩。向有《霓裳羽衣》[4]仙乐一部，久秘月宫，未传人世。今下界唐天子，知音好乐。他妃子杨玉环，前身原是蓬莱玉妃，曾经到此。不免召他梦魂，重听此曲。使其醒来记忆，谱入管弦。竟将天下仙音，留作人间佳话。却不是好！寒簧过来。（贴）有。（老旦）你可到唐宫之内，引杨玉环梦魂到此听曲。曲终之后，仍旧送回。（贴）领旨。（老旦）“好凭一枕游仙梦，暗授千秋法曲音。”（引丑下）（贴）奉着娘娘之命，不免出了月宫，到唐宫中走一遭也。（行介）

【南吕过曲·梁州序犯】【本调】明河[5]斜映，繁星微闪。俯将尘世遥觇，只见空蒙香雾。早离却玉府清严。一任珮摇风影，衣动霞光，小步红云垫。待将天上乐，授宫襜[6]，密召芳魂入彩蟾。来此已是唐宫之内。【贺新郎】你看鱼钥[7]闭，龙帏掩，那杨妃呵，似海棠睡足增娇艳。【本序尾】轻唤起，拥冰簟。

（唤介）杨娘娘起来。（旦扮梦中魂上）

【渔灯儿】恰才的追凉后，雨困云淹。畅好是酣眠处，粉腻黄黏。（贴）娘娘有请。（旦）呀，深宫之内，檐下何人叫唤？悄没个宫娥报，轻来画檐。（贴）娘娘快请。（旦作倦态欠身介）我娇怯怯朦胧身欠，慢腾腾待自起开帘。

（作出见贴介）呀，原来是一个宫人！（贴）

【前腔】俺不是隶长门帚奉曾嫌[8]，（旦）不是宫人，敢是别院的美人？

（贴）俺不是列昭容[9]御座曾瞻。（旦）这等你是何人？（贴）儿家月中侍儿，名唤寒簧，则俺的名在瑶宫月殿签。（旦惊介）原来是月中仙子，何因到此？（贴）恰才奉姮娥口敕亲传点，请娘娘到桂宫中花下消炎。

（旦）哦，有这等事！（贴）娘娘不必迟疑。儿家引导，就请同行。（引旦行介）（合）

【锦渔灯】指碧落，足下云生冉冉，步青霄，听耳中风弄纤纤。乍凝眸，星斗垂垂似可拈，早望见，烂辉辉宫殿影在镜中潜。

（旦）呀，时当仲夏，为何这般寒冷？（贴）此即太阴月府，人间所传广寒宫者是也。就请进去。（旦喜介）想我浊质凡姿，今夕得到月府，好侥幸也。（作进看介）

【锦上花】清游胜满意忺[10]。（想介）这些景物都似曾见过来！环玉砌绕碧檐，依稀风景漫猜嫌。那壁桂花开的恁早！（贴）此乃月中丹桂，四时常茂，花叶俱香。（旦看介）果然好花也。看不足喜更添。金英缀[11]翠叶兼。氤氲芳气透衣缣，人在桂阴潜。

（内作乐介）（旦）你看一群仙女，素衣红裳，从桂树下奏乐而来，好不美听。（贴）此乃《霓裳羽衣》之曲也。（杂扮仙女四人、六人或八人，白衣、红裙、锦云肩、璎珞、飘带，各奏乐，唱，绕场行上介）（旦、贴旁立看介）（众）

【锦中拍】携天乐，花丛斗拈，拂霓裳露沾。迥隔断红尘荏苒，直写出瑶台清艳。纵吹弹舌尖玉纤韵添，惊不醒人间梦魇，停不驻天宫漏签[12]。一枕游仙，曲终闻盐，付知音重翻检。

（同下）（旦）妙哉此乐。清高婉转，感我心魂，真非人间所有也！

【锦后拍】缥缈中簇仙姿宛曾觇。听彻清音意厌厌，数琳琅琬琰；数琳琅琬琰，一字字偷将凤鞋轻点，按宫商掐记指儿尖。晕羞脸，枉自许舞娇歌艳，比着这钧天雅奏多是歉。

请问仙子，愿求月主一见。（贴）要见月主还早。天色渐明，请娘娘回宫去罢。

【尾声】你攀蟾有路应相念，（旦）好记取新声无欠，（贴）只误了你把枕上君王半夜儿闪。

（旦下）（贴）杨妃已回唐宫，我索向月主娘娘复旨则个。

碧瓦桐轩月殿开，（曹唐）

还将明月送君回。（丁仙芝）
钓天虽许人间听，（李商隐）
却被人间更漏催。（黄滔）

注释

[1] 银蟾：月亮。相传月宫里有蟾蜍，因此用蟾蜍来指月亮。

[2] 天香：指月宫里的桂花。

[3] 浪传后羿之妻：传说嫦娥是后羿之妻，因为偷吃了西王母的仙药，所以飞奔到月宫。浪传，不可信的传说。

[4]《霓裳羽衣》：唐朝舞曲名。相传为开元中西凉节度使杨敬述所献，唐玄宗曾润色。白居易在《长恨歌》中将此舞曲和唐玄宗、杨贵妃的故事联系在一起。

[5] 明河：银河。

[6] 宫襜：宫闱，这里指杨贵妃。

[7] 鱼钥：古代一种鱼形锁。鱼目不闭，警守的象征。

[8] 俺不是隶长门帚奉曾嫌：我不是失宠的宫女。长门宫，汉武帝时陈皇后失宠时的居所。帚奉曾嫌，指汉成帝时班婕妤失宠，于长信宫侍奉太后。

[9] 俺不是列昭容：我不在昭容之列。昭容，唐宋妃嫔封号，比贵妃的地位略低。

[10] 忺：适意，高兴。范成大《除夜地炉书事》："人家忺夜话，我已困蒙茸。"

[11] 金英缀：金黄色的花盛开了。

[12]"纵吹弹舌尖玉纤韵添"三句：纵使仙女们舌尖吹，纤纤玉手弹，很有风韵，但是不能惊醒做梦的人（指贵妃），也不能使时间停止。漏签，即漏箭。漏壶是古代计时器，用漏箭表示时间。

第十二出　制　谱

【仙吕过曲·醉罗歌】【醉扶归】（老旦上）西宫才奉传呼罢，安排水榭要清佳。慢卷晶帘散朝霞，玉钩却映初阳挂。奴家永新是也。与念奴妹子同在西宫，承应贵妃杨娘娘。我娘娘再入宫闱，万岁爷更加恩幸。真乃“三千宠爱在一身，六宫粉黛无颜色”。今早娘娘吩咐，收拾荷亭，要制曲谱。念奴妹子在那里服侍晓妆，奴家先到此间，不免将文房四宝，摆设起来。【皂罗袍】你看笔床初拂，光分素劄[1]；砚池新注，香浮墨华，绿阴深处多幽雅。【排歌尾】竹风引，荷露洒，对波纹帘影弄参差。

呀，兰麝香飘，珮环风定，娘娘早则到也。（旦引贴上）

【正宫引子·新荷叶】幽梦清宵度月华，听《霓裳羽衣》歌罢。醒来音节记无差，拟翻新谱消长夏。

“斗画长眉翠淡浓，远山[2]移入镜当中。晓窗日射胭脂颊，一朵红酥旋欲融。”我杨玉环自从截发感君之后，荷宠弥深。只有梅妃《惊鸿》一舞，圣上时常夸奖。思欲另制一曲，掩出其上。正在推敲，昨夜忽然梦入月宫。见桂树之下，仙女数人，素衣红裳，奏乐甚美。醒来追忆，音节宛然。因此吩咐永新，收拾荷亭，只待细配宫商，谱成新曲。（老旦）启娘娘，纸、墨、笔、砚，已安排齐备了。（旦）你与念奴一同在此伺候。（老旦、贴应，作打扇、添香介）（旦作制谱介）

【正宫过曲·刷子带芙蓉】【刷子序】荷气满窗纱，鸾笺慢伸犀管轻拿，待谱他月里清音，细吐我心上灵芽。这声调虽出月宫，其间转移过度，细微曲折之处，须索自加细审。安插，一字字要调停如法，一段段须融和入化。这几声尚欠调匀，拍㑇[3]怎下？（内作莺啼，旦执笔听介）呀，妙阿！（作改介）【玉芙蓉】听宫莺、数声恰好应红牙。

（搁笔介）谱已制完，永新，是甚么时候了？（老旦）晌午了。（旦）

万岁爷可曾退朝？（老旦）尚未。（旦）永新，且随我更衣去来。念奴在此伺候，万岁爷到时，即忙通报。（贴）领旨。（旦）“好凭晚镜增蛾翠，漫试香纱换蝶衣。”（引老旦随下）（生行上）

【渔灯映芙蓉】【山渔灯】散千官，朝初罢。拟对玉人，长昼闲话。寡人方才回宫，听说妃子在荷亭上，因此一径前来。依流水待觅胡麻[4]，把银塘路踏。（作到介）（贴见介）呀，万岁爷到了。（生）念奴，你娘娘在何处闲欢耍？怎堆香儿，有笔砚交加？（贴）娘娘在此制谱，方才更衣去了。（生）妃子，妃子！美人韵事，被你都占尽也。但不知制甚曲谱，待寡人看来。（作坐翻看介）消详，从头觑咱。妙哉，只这锦字荧荧银钩小，更度羽换宫没半米差。好奇怪，这谱连寡人也不知道。细按音节，不是人间所有，似从天下，果曲高和寡。妃子，不要说你娉婷绝世，只这一点灵心，有谁及得你来？【玉芙蓉】恁聪明、也堪压倒上阳花。

【普天赏芙蓉】【普天乐】（旦换妆，引老旦上）换轻妆，多幽雅；试生绡添潇洒。（见生介）臣妾见驾。（生扶介）妃子坐了。（坐介）（生）妃子，看你晚妆新试，妩媚益增。似迎风袅袅杨枝，宛凌波濯濯莲花。芳兰一朵斜把云鬟压，越显得庞儿风流煞。（旦）陛下今日退朝，因何恁晚？（生）只为灵武太守员缺，地方紧要，与廷臣议了半日，难得其人。朕特擢郭子仪，补授此缺，因此退朝迟了。（旦）妾候陛下不至，独坐荷亭，爱风来一弄明纱，闲学谱新声奏雅。【玉芙蓉】怕输他舞《惊鸿》，曲终满座有光华。

（生）寡人适见此谱，真乃千古奇音，《惊鸿》何足道也！（旦）妾凭臆见，草草创成。其中错误，还望陛下更定[5]。

（生）再同妃子，细细点勘一番。（老旦、贴暗下）（生、旦并坐翻谱介）

【朱奴折芙蓉】【朱奴儿】倚长袖，香肩并亚[6]，翻新谱，玉纤同把。（生）妃子，似你绝调佳人世真寡，要觅破绽并无毫发。再问妃子，此谱何名？（旦）妾于昨夜梦入月宫，见一群仙女奏乐，尽着霓裳羽衣。意欲取此四字，以名此曲。（生）好个《霓裳羽衣》！非虚假，果合伴天香桂花[7]。【玉芙蓉】（作看旦介）觑仙姿，想前身原是月中娃。

此谱即当宣付梨园，但恐俗手伶工，未谙其妙。朕欲令永新、念奴，先抄图谱，妃子亲自指授。然后传与李龟年[8]等，教习梨园子弟，却不是好。（旦）领旨。（生携旦起介）天已薄暮，进宫去来。

【尾声】晚风吹，新月挂，（旦）正一缕凉生凤榻。（生）妃子，你看这池上鸳鸯，早双眠并蒂花。

（生）芙蓉不及美人妆，（王昌龄）
（旦）杨柳风多水殿凉，（刘长卿）
（老旦）花下偶然歌一曲，（曹唐）
（合）传呼法部按《霓裳》。（王建）

注释

[1] 素劄：白纸。
[2] 远山：画眉毛的一种式样，眉毛画出来淡淡的，好像远山。
[3] 拍忝：忝拍，不合节拍。王骥德《曲律·论板眼》："盖凡曲，句有长短，字有多寡，调有紧慢，一视以为节制……其板先于曲者，病曰'促板'；板于后曲者，病曰'滞板'，古皆谓之'忝拍'，言不中拍也。"
[4] 依流水待觅胡麻：想看到仙女。相传刘晨、阮肇到天台山采药，看见胡麻饭自水上漂来，因此遇见仙女。胡麻，芝麻。
[5] 更定：改定。
[6] 香肩并亚：肩膀挨着肩膀。
[7] 果合伴天香桂花：这样的曲子，果然只配在天上月宫出现。
[8] 李龟年：唐玄宗时著名宫廷乐师。

第十三出　权　哄

【双调引子·秋蕊香】（副净引祗从上）狼子野心难料，看跋扈渐肆咆哮，挟势辜恩更堪恼，索假忠言入告[1]。

下官杨国忠。外凭右相之尊，内恃贵妃之宠。满朝文武，谁不趋承！独有安禄山这厮，外面假作痴愚，肚里暗藏狡诈。不知圣上因甚爱他，加封王爵！他竟忘了下官救命之恩，每每遇事欺凌，出言挺撞。好生可恨！前日曾奏圣上，说他狼子野心，面有反相，恐防日后酿祸，怎奈未见听从。今日进朝，须索相机再奏，必要黜退了他，方快吾意。来此已是朝门，左右回避。（从下）（内喝道介）（副净）呀，那边呵殿[2]之声，且看是谁？（净引祗从上）

【玉井莲后】宠固君心，暗中包藏计狡。

左右回避。（从下）（净见副净介）请了。（副净笑介）哦，原来是安禄山！（净）老杨，你叫我怎么？（副净）这是九重禁地，你怎敢在此大声呵殿？（净作势介）老杨，你看我："脱下御衣亲赐着，进来龙马每教骑。常承密旨趋朝数，独奏边机出殿迟。"我做郡王的，便呵殿这么一声，也不妨，比似你右相还早哩！（副净冷笑介）好，好个"不妨"！安禄山，我且问你，这般大模大样是几时起的？（净）下官从来如此。（副净）安禄山，你也还该自去想一想！（净）想甚么？（副净）你只想当日来见我的时节，可是这个模样么？（净）彼一时，此一时，说他怎的。（副净）唉，安禄山。

【仙吕入双调过曲·风入松】你本是刀头活鬼罪难逃，那时节长跪阶前哀告。我封章入奏机关巧，才把你身躯全保。（净）赦罪复官，出自圣恩。与你何涉？（副净）好，倒说得干净！只太把良心昧了。恩和义，付与水萍飘。

（净）唉，杨国忠，你可晓得。

【前腔】世间荣落偶相遭？休夸着势压群僚。你道我失机之罪，可也记得南诏的事么？胡卢提[3]掩败将功冒，怪浮云[4]蔽遮天表。（副净）圣明在上，谁敢蒙蔽？这不是谤君么！（净）还说不蒙蔽，你卖爵鬻官多少？贪财货，竭脂膏。（副净）住了，你道卖官鬻爵，只问你的富贵，是那里来的？（冷笑介）（净）也非止这一桩。若论你、恃戚里，施奸狡；误国罪，有千条。（副净）休得把诬蔑语，凭虚造。（扯净介）我与你同去面当朝！

（净）谁怕你来，同去，同去！（作同扭进朝俯伏介）（副净）臣杨国忠谨奏：

【前腔】【本调】禄山异志[5]腹藏刀，外作痴愚容貌。奸同石勒倚东门啸[6]。他不拜储君公然桀傲，这无礼难容圣朝。望吾皇立赐罢斥，除凶恶早绝祸根苗。

（净伏介）臣安禄山谨奏：

【前腔】念微臣谬荷主恩高，遂使嫌生权要[7]，愚蒙[8]触忤知难保。（泣介）陛下呵，怕孤立终落他圈套。微臣呵，寸心赤，只有吾皇鉴昭。容出镇，犬马效微劳。（内）圣旨道来：杨国忠、安禄山互相讦奏，将相不和，难以同朝共理。特命安禄山为范阳节度使，刻期赴镇。谢恩。（净、副净）万岁！（起介）（净向副净拱手介）老丞相，下官今日去了，你再休怪我大模大样。朝门内，一任你张牙爪，我去开幕府[9]，自逍遥。（副净冷笑介）（净欲下，复转向副净介）还有一句话儿，今日下官出镇，想也仗回天力相提调。（举手介）请了，我且将冷眼，看伊曹。

（下）（副净看净下介）呀，有这等事！

【前腔】【本调】一腔块垒[10]怎生消，我待把他威风抹倒，谁知反分节钺[11]添荣耀，这话靶教人嘲笑。咳，但愿禄山此去，做出事来[12]，方信我忠言最早！圣上，圣上，到此际可也悔今朝！

去邪当断勿狐疑，（周昙）
祸稔萧墙竟不知[13]。（储嗣宗）
壮气未平空咄咄，（徐铉）
甘言狡计奈娇痴！（郑嵎）

注释

[1] 索假忠言入告：指杨国忠因为个人利益妒忌安禄山，对他不满，但是要装作忠心的样子，奏给皇帝听。

[2] 呵殿：前呼后拥。

[3] 胡卢提：稀里糊涂。

[4] 浮云：比喻杨国忠的耳目。他们为杨国忠而蒙蔽皇帝。

[5] 异志：想造反。

[6] 奸同石勒倚东门啸：据《晋书》记载，石勒"年十四，随邑人行贩洛阳，倚啸上东门。王衍见而异之，顾谓左右曰：'向者胡雏，吾观其声视有奇志，恐将为天下之患。'"石勒，同安禄山一样是羯人，在十六国时代，自立为后赵国皇帝。这里用石勒来指代安禄山。

[7] 权要：指杨国忠。

[8] 愚蒙：指自己。

[9] 开幕府：建立府署，独当一面。这里指担任节度使。

[10] 块垒：郁积在心头的牢骚、愤慨。

[11] 节钺：符节与斧钺。

[12] 做出事来：指造反。

[13] 祸稔萧墙竟不知：朝廷内部祸患已积累，竟一点也不知道。稔，积久而成。萧墙，这里指朝廷内部的祸患，《论语·季氏》："吾恐季孙之忧，不在颛臾，而在萧墙之内也。"

第十四出　偷　曲

【仙吕过曲·八声甘州】（老旦、贴携谱上）（老旦）《霓裳》谱定，（贴合）向绮窗深处秘本翻誊。香喉玉口，亲将绝调教成。（老旦）奴家[1]永新，（贴）奴家念奴。（老旦）自从娘娘制就《霓裳》新谱，我二人亲蒙教授。今驾[2]幸华清宫，即日要奏此曲。命我二人，在朝元阁上，传谱与李龟年，连夜教演梨园子弟。（贴）散序[3]俱已传习，今日该传拍序[4]了。（老旦）你看月明如水，正好演奏。我和你携了曲谱，先到阁中便了。（行介）（合）凉蟾正当高阁升，帘卷熏风[5]映水晶。高清，恰称广寒宫仙乐声声。（下）

【道宫近词·鱼儿赚】（末苍髯，扮李龟年上）乐部旧闻名，班首新推独老成。早暮趋承[6]，上直更番[7]入内廷。自家李龟年是也。向作伶官，蒙万岁爷点为梨园班首。今有贵妃娘娘《霓裳》新曲，奉旨令永新、念奴传谱出来，在朝元阁上教演，立等供奉。只得连夜趱习[8]，不免唤齐众兄弟每同去。兄弟每那里？（副净扮马仙期上）仙期方响[9]鬼神惊，（外扮雷海青上）铁拨[10]争推雷海青。（净白须扮贺怀智上）贺老琵琶擅场屋[11]，（丑扮黄幡绰上）黄家幡绰板尤精。（同见末介）李师父拜揖。（末）请了。列位呵，君王命，《霓裳》催演不教停。那永新、念奴呵，两娉婷，把红牙小谱携端正，早向朝元待月明。（众）如此，我每就去便了。（末）请同行。（同行介）趁迟迟宫漏[12]夜凉生，把新腔敲订，新腔敲订。（同下）

【仙吕过曲·解三醒犯】（小生巾服扮李謩上）【解三酲】逞风魔少年逸兴，借曲中妙理陶情。传闻今夜蓬莱境，翻妙谱，奏新声。小生李謩是也，本贯江南，遨游京国。自小谙通音律，久以铁笛擅名。近闻宫中新制一曲，名曰《霓裳羽衣》。乐工李龟年等，每夜在朝元阁中演习。小生慕此新声，无从得其秘谱。打听的那阁子，恰好临着宫墙，声闻于外。不免袖了铁笛，来到骊山，趁此月明如昼，窃听一回。一路行来，果然好景致也。（行介）林收暮霭天气清，山入寒空月彩横。

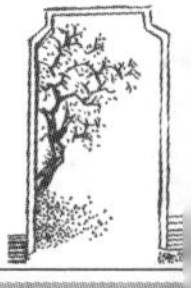

真佳景，【八声甘州】宛身从画里游行。

（场上设红帷作墙，墙内搭一阁介）（小生）说话之间，早来到宫墙下了。

【道宫调近词·应时明近】只见五云中，宫阙影，窈窕玲珑映月明。光辉看不定，光辉看不定。想潜通御气[13]，处处仙楼，阑干畔有玉人闲凭。

闻那朝元阁，在禁苑西首，我且绕着红墙，迤逦行去。（行介）

【前腔】花阴下，御路平，紧傍红墙款款行。（望介）只这垂杨影里，一座高楼露出墙头，想就是了。凝眸重细省，凝眸重细省，只见画帘缥缈，文窗掩映。（指介）兀的不是上有红灯！

（老旦、贴在墙内上阁介）（末众在内云）今日该演拍序，大家先将散序，从头演习一番。（小生）你看上面灯光隐隐，似有人声，一定是这里了。我且潜听一回。（作潜立听介）

【双赤子】悄悄冥冥[14]，墙阴窃听。（内作乐介）（小生作袖出笛介）不免取出笛来，倚声和之[15]。就将音节，细细记明便了。听到月高初更后，果然弦索齐鸣。恰喜禁垣夜深人静，琤璁[16]齐应。这数声恍然心领，那数声恍然心领。

（内细十番[17]，小生吹笛和介）（乐止，老旦、贴在内阁上唱后曲，小生吹笛合介）（老旦、贴）

【画眉儿】骊珠散迸[18]，入拍初惊。云翻袂影，飘然回雪舞风轻。飘然回雪舞风轻，约略[19]烟蛾态不胜。（小生接唱）这数声恍然心领，那数声恍然心领。

（内细十番如前，老旦、贴内唱，小生笛合介）（老旦、贴）

【前腔】珠辉翠映，凤翥鸾停。玉山蓬顶[20]，上元挥袂引双成[21]。上元挥袂引双成，萼绿回肩招许琼。（小生接唱）这数声恍然心领，那数声恍然心领。

（内又如前十番，老旦、贴内唱，小生笛合介）（老旦、贴）

【前腔】音繁调骋，丝竹纵横。翔云忽定，慢收舞袖弄轻盈。慢收舞袖弄轻盈，飞上瑶天歌一声。（小生接唱）这数声恍然心领，那数声恍然心领。

（内又十番一通，老旦、贴暗下）（小生）妙哉曲也。真个如敲秋竹，似戛[22]春冰，分明一派仙音，信非人世所有。被我都从笛中偷得，好侥幸也！

【鹅鸭满渡船】《霓裳》天上声，墙外行人听。音节明，宫商正，风内高低应。偷从笛里，写出无馀剩。呀，阁上寂然无声，想是不奏了。人散曲终红楼静，半墙残月摇花影。

你看河斜月落，斗转参横[23]，不免回去罢。（袖笛转行介）

【尾声】却回身，寻归径。只听得玉河流水韵幽清，犹似《霓裳》袅袅声。

倚天楼殿[24]月分明，（杜牧）
歌转高云夜更清。（赵嘏）
偷得新翻数般曲，（元稹）
酒楼吹笛有新声。（张祜）

注释

[1] 奴家：古时女子的自称。
[2] 驾：皇帝的车，这里指代皇帝。
[3] 散序：《霓裳羽衣》的序曲。白居易《霓裳羽衣歌》："散序，六遍，无拍，故不舞也。"
[4] 拍序：《霓裳羽衣》的另一个组成部分。白居易《霓裳羽衣歌》："中序始有拍，亦名拍序。"
[5] 熏风：南风，和风。
[6] 趋承：侍奉。
[7] 上直更番：轮流值班。上直，值班。更番，轮流。
[8] 趱习：赶着练习。
[9] 方响：古代一种打击乐器。
[10] 铁拨：指代琵琶。据《杨太真外传》记载，雷海青弹琵琶"以石为槽，鹍鸡筋为弦，用铁拨弹之"。
[11] 擅场屋：压倒全场。场屋，奏乐的地方。
[12] 宫漏：宫中一种计算时间用的铜漏壶。
[13] 御气：天子之气。这里指宫中气象。
[14] 悄悄冥冥：悄悄地，偷偷地，指暗地里。
[15] 倚声和之：根据听到的乐调吹起来。

[16] 琤璁：乐器声。

[17] 细十番：即十番锣鼓，由笛、管、箫、弦、提琴、云锣、汤锣、木鱼、檀板、大鼓十种乐器组成，可奏多种乐曲。

[18] 骊珠散迸：形容乐声如珠散落般清脆动听。骊珠，传说中骊龙（黑色的龙）颔下的宝珠，比喻珍贵的人或物。

[19] 约略：隐约可见。

[20] 玉山蓬顶：玉山，西王母住的仙山。蓬顶，蓬莱山顶。

[21] 上元挥袂引双成：上元、双成均为仙女的名字。上元，即上元夫人，传说在仙班中，她的地位很高。双成，即董双成。

[22] 戛：轻轻敲打。

[23] 斗转参横：形容夜已深。斗，北斗星。参，参星。从北斗、参星的转动，可以看出时间早晚。

[24] 倚天楼殿：形容楼殿高耸入云霄。这里指朝元阁。

第十五出　进　果

【过曲·柳穿鱼】（末扮使臣持竿挑荔枝蓝，作鞭马急上）一身万里跨征鞍[1]，为进离支[2]受艰难。上命遣差不由己，算来名利怎如闲！巴得个，到长安，只图贵妃看一看。

自家西州道使臣，为因贵妃杨娘娘，爱吃鲜荔枝，奉敕涪州，年年进贡。天气又热，路途又远，只得不惮辛勤，飞马前去。（作鞭马重唱“巴得个”三句跑下）

【撼动山】（副净扮使臣持荔枝篮、鞭马急上）海南荔子味尤甘，杨娘娘偏喜啖。采时连叶包，缄封贮小竹篮。献来晓夜不停骖，一路里怕耽，望一站也么奔一站！

自家海南道使臣。只为杨娘娘爱吃鲜荔枝，俺海南所产，胜似涪州，因此敕与涪州并进。但是俺海南的路儿更远，这荔枝过了七日，香味便减，只得飞驰赶去。（鞭马重唱“一路里”二句跑下）

【十棒鼓】（外扮老田夫上）田家耕种多辛苦，愁旱又愁雨。一年靠这几茎苗，收来半要偿官赋，可怜能得几粒到肚！每日盼成熟，求天拜神助。

老汉是金城县东乡一个庄家。一家八口，单靠着这几亩薄田过活。早间听说进鲜荔枝的使臣，一路上捎着[3]径道行走，不知踏坏了人家多少禾苗！因此，老汉特到田中看守。（望介）那边两个算命的来了。（小生扮算命瞎子手持竹板，净扮女瞎子弹弦子，同行上）

【蛾郎儿】住褒城，走咸京，细看流年与五星[4]。生和死，断分明，一张铁口[5]尽闻名。瞎先生，真灵圣，叫一声赛神仙，来算命。

（净）老的[6]，我走了几程，今日脚疼，委实走不动。不是算命，倒在这里挣命了。（小生）妈妈[7]，那边有人说话，待我问他。（叫介）借问前面客官，这里是甚么地方了？（外）这是金城东乡，与渭城西乡交界。（小生斜揖介）多谢客官指引。（内铃响，外望介）呀，一队骑马的来了。（叫介）马上长官，往大路上走，不要踏了田苗！

（小生一面对净语介）妈妈，且喜到京不远，我每叫向前去，雇个毛驴子与你骑。（重唱“瞎先生”三句走介）（末鞭马重唱前“巴得个”三句急上，冲倒小生、净下）（副净鞭马重唱前“一路里”二句急上，踏死小生下）（外跌脚向鬼门[8]哭介）天啊，你看一片田禾，都被那厮踏烂，眼见的没用了。休说一家性命难存，现今官粮紧急，将何办纳！好苦也！（净一面作爬介）哎呀，踏坏人了，老的啊，你在那里？（作摸着小生介）呀，这是老的。怎么不作声，敢是踏昏了？（又摸介）哎呀，头上湿渌渌的。（又摸闻手介）不好了，踏出脑浆来了！（哭叫介）我那天呵，地方[9]救命。（外转身作看介）原来一个算命先生，踏死在此。（净起斜福[10]介）只求地方，叫那跑马的人来偿命。（外）哎，那跑马的呵，乃是进贡鲜荔枝与杨娘娘的。一路上来，不知踏坏了多少人，不敢要他偿命。何况你这一个瞎子！（净）如此怎了！（哭介）我那老的呵，我原算你的命，是要倒路死的。只这个尸首，如今怎么断送！（外）也罢，你那里去叫地方，就是老汉同你抬去埋了罢。（净）如此多谢，我就跟着你做一家儿[11]，可不是好！（同抬小生）（哭，诨下）（丑扮驿卒上）

【小引】驿官逃，驿官逃，马死单单剩马膘。驿子有一人，钱粮没半分。拚受打和骂，将身去招架，将身去招架！

自家渭城驿中，一个驿子便是。只为杨娘娘爱吃鲜荔枝，六月初一是娘娘的生日，涪州、海南两处进贡使臣，俱要赶到。路由本驿经过，怎奈驿中钱粮没有分文，瘦马刚存一匹。本官怕打，不知逃往那里去了，区区就便权知此驿。只是使臣到来，如何应付？且自由他！（末飞马上）

【急急令】黄尘影内日衔山，赶赶赶，近长安。（下马介）驿子，快换马来。（丑接马，末放果篮，整衣介）（副净飞马上）一身汗雨四肢瘫，趱趱趱，换行鞍。

（下马介）驿子，快换马来。（丑接马，副净放果篮，与末见介）请了，长官也是进荔枝的？（末）正是。（副净）驿子，下程酒饭在那里？（丑）不曾备得。（末）也罢，我每不吃饭了，快带马来。（丑）两位爷在上，本驿只剩有一匹马，但凭那一位爷骑去就是。（副净）哇，偌大一个渭城驿，怎么只有一匹马！快唤你那狗官来，问他驿马那里去了？（丑）若说起驿马，连年都被进荔枝的爷每骑死了。驿官没法，如今走了。（副净）既是驿官走了，只问你要。（丑指介）这棚内不是一匹马么？（末）驿子，我先到，且与我先骑了去。（副净）我海南的来路更远，还让我先骑。（末作向内介）

【恁麻郎】我只先换马，不和你斗口。（副净扯介）休恃强，惹着我动手。（末取荔枝在手介）你敢把我这荔枝乱丢！（副净取荔枝向末介）你敢把我这竹笼碎扭！（丑劝介）请罢休，免气吼，不如把这匹瘦马同骑一路走！（副净放荔枝打丑介）哇，胡说！

【前腔】我只打你这泼腌臜[12]死囚！（末放荔枝打丑介）我也打你这放刁顽贼头！（副净）尅官马，嘴儿太油。（末）误上[13]用，胆儿似斗。（同打介）（合）鞭乱抽，拳痛殴，打得你难挨，那马自有！

【前腔】（丑叩头介）向地上连连叩头，望台下[14]轻轻放手。（末、副净）若要饶你，快换马来。（丑）马　匹驿中现有，（末、副净）再要一匹。（丑）第二匹实难补凑。（末、副净）没有只是打！（丑）且慢纽[15]，请听剖，我只得脱下衣裳与你权当酒！

（脱衣介）（末）谁要你这衣裳！（副净作看衣、披在身上介）也罢，赶路要紧。我原骑了那马，前站换去。（取果上马，重唱前"一路里"二句跑下）（末）快换马来我骑。（丑）马在此。（末取果上马，重唱前"巴得个"三句跑下）（丑吊场）咳，杨娘娘，杨娘娘，只为这几个荔枝呵！

铁关金锁彻明开，（崔液）
黄纸[16]初飞敕字回。（元稹）
驿骑鞭声砉[17]流电，（李郢）
无人知是荔枝来。（杜牧）

注释

[1] 征鞍：远行的马。
[2] 离支：荔枝。
[3] 捎着：选择。
[4] 流年与五星：流年、五星，均为星相学的术语。流年，一年的运气。五星，即金、木、水、火、土这五星。

[5] 铁口：意思是算命灵验。
[6] 老的：妻子对丈夫的称呼。
[7] 妈妈：丈夫对妻子的称呼。
[8] 鬼门：古门，戏场上演员的出入口。
[9] 地方：一种官职，地保。
[10] 福：妇女向人致敬。
[11] 做一家儿：做夫妻。
[12] 腌臜：肮脏。
[13] 上：指皇帝。
[14] 台下：长官，阁下。
[15] 纽：通“扭”，扭打。
[16] 黄纸：唐朝用黄麻纸写的皇帝敕令。
[17] 砉：形容迅速动作的声音。

第十六出　舞　盘

【仙吕引子·奉时春】（生引二内侍、丑随上）山静风微昼漏长，映殿角火云千丈。紫气东来[1]，瑶池西望，翩翩青鸟庭前降[2]。

朕同妃子避暑骊山。今当六月朔日，乃是妃子诞辰。特设宴在长生殿中，与他称庆，并奏《霓裳》新曲。高力士，传旨后宫，宣娘娘上殿。（丑）领旨。（向内传介）（内应"领旨"介）（旦盛妆，引老旦、贴上）

【唐多令】日影耀椒房，花枝弄绮窗，门悬小帨[3]赭罗黄。绣得文鸾成一对，高傍着五云翔。

（见介）臣妾杨氏见驾。愿陛下万岁，万万岁！（生）也妃子同之。（旦坐介）（生）紫云深处婺光明[4]，（旦）带露灵桃倚日荣。（老旦、贴）岁岁花前人不老，（丑合）长生殿里庆长生。（生）今日妃子初度[5]，寡人特设长生之宴，同为竟日之欢。（旦）薄命生辰，荷蒙天宠。愿为陛下进千秋万岁之觞。（丑）酒到。（旦拜，献生酒，生答赐，旦跪饮，叩头呼"万岁"，坐介）（生）

【高平过曲·八仙会蓬海】【八声甘州】风熏日朗，看一叶阶蓂摇动炎光[6]。华筵初启，南山遥映霞觞。【玩仙灯】（合）果合欢，桃生千岁，花并蒂，莲开十丈[7]。【月上海棠】宜欢赏，恰好殿号长生，境齐蓬阆。

（小生扮内监，捧表上）"手捧金花红榜子，齐来宝殿祝千秋。"（见介）启万岁爷、娘娘，国舅杨丞相，同韩、虢、秦三国夫人，献上寿礼贺笺，在外朝贺。（丑取笺送生看介）（生）生受他每。丞相免行礼，回朝办事。三国夫人，候朕同娘娘回宫筵宴。（小生）领旨。（下）（净扮内监捧荔枝、黄袱盖上）"正逢瑶圃千秋宴[8]，进到炎州十八娘[9]。"（见介）启万岁爷，涪州、海南贡进鲜荔枝在此。（生）取上来。（丑接荔枝去袱，送上介）（生）妃子，朕因你爱食此果，特敕地方飞驰进贡。今日寿宴初开，佳果适至，当为妃子再进一觞。（旦）万岁！（生）宫娥每，进酒。（老贴、进酒介）（旦）

【杯底庆长生】【倾杯序】【换头】盈筐、佳果香，幸黄封远敕来川广。爱他浓染红绡，薄裹晶丸[10]，入手清芬，沁齿甘凉。【长生导引】（合）便火枣交梨[11]应让，只合来万岁台前，千秋筵上，伴瑶池阿母[12]进琼浆。

高力士，传旨李龟年，押梨园子弟上殿承应。（丑）领旨。（向内传介）（末引外、净、副净、丑各锦衣、花帽，应“领旨”上）“红牙待拍筝排柱[13]，催着红罗上舞筵，换戴柘枝[14]新帽子，随班行到御阶前。”（见介）乐工李龟年，押领梨园子弟，叩见万岁爷、娘娘。（生）李龟年，《霓裳》散序昨已奏过，《羽衣》第二叠可曾演熟？（末）演熟了。（生）用心去奏。（末）领旨。（起介）（暗下）（旦）妾启陛下，此曲散序六奏，止有歇拍[15]而无流拍。中序六奏，有流拍而无促拍，其时未有舞态。

【八仙会蓬海】【换头】只是悠扬，声情俊爽。要停住彩云，飞绕虹梁[16]。至羽衣三叠，名曰饰奏。一声一字，都将舞态含藏。其间有慢声[17]，有缠声，有衮声，应清圆，骊珠一串；有入破，有摊破，有出破，合袅娜氍毹[18]千状；还有花犯，有道和，有傍拍，有间拍，有催拍，有偷拍，多音响；皆与慢舞相生，缓歌交畅。

（生）妃子所言，曲尽歌舞之蕴。（旦）妾制有翠盘一面，请试舞其中，以博天颜一笑。（生）妃子妙舞，寡人从未得见。永新、念奴，可同郑观音、谢阿蛮服侍娘娘，上翠盘来者。（老、贴）领旨。（旦起福介）告退更衣。“整顿衣裳重结束[19]，一身飞上翠盘中。”（引老、贴下）（生）高力士，传旨李龟年，领梨园子弟按谱奏乐。朕亲以羯鼓[20]节之。（丑）领旨。（向内传介）（生起更衣，末、众在场内作乐介）（场上设翠盘，旦花冠、白绣袍、璎珞、锦云肩、翠袖、大红舞裙，老、贴同净、副净扮郑观音、谢阿蛮，各舞衣、白袍，执五彩霓旌、孔雀云扇，密遮旦簇上翠盘介）（乐止，旌扇徐开，旦立盘中舞，老、贴、净、副唱，丑跪捧鼓，生上坐击鼓，众在场内打细十番合介）

【羽衣第二叠】【画眉序】罗绮合花光，一朵红云自空漾。【皂罗袍】看霓旌四绕，乱落天香。【醉太平】安详，徐开扇影露明妆。【白练序】浑一似天仙，月中飞降。（合）轻扬，彩袖张，向翡翠盘中显伎长。【应时明近】飘然来又往，宛迎风菡萏，【双赤子】翩翻叶上。举袂向空如欲去，乍回身侧度无方。（急舞介）【画眉儿】盘旋跌宕，花枝招展柳枝扬，凤影高骞[21]

鸾影翔。【拗芝麻】体态娇难状，天风吹起众乐缤纷响。【小桃红】冰弦玉柱声嘹亮，鸾笙象管音飘荡，【花药栏】恰合着羯鼓低昂。按新腔，度新腔，【怕春归】袅金裙齐作留仙想[22]。（生住鼓，丑携去介）【古轮台】舞住敛霞裳，（朝上拜介）重低颡，山呼万岁[23]拜君王。

（老、贴、净、副扶旦下盘介）（净、副暗下）（生起，前携旦介）妙哉，舞也！逸态横生，浓姿百出。宛若翾风回雪，恍如飞燕游龙，真独擅千秋矣。宫娥每，看酒来，待朕与妃子把杯。（老、贴奉酒，生擎杯介）

【千秋舞霓裳】【千秋岁】把金觞，含笑微微向，请一点点檀口轻尝。（付旦介）休得留残，休得留残，酬谢你舞怯腰肢劳攘[24]。（旦接杯谢介）万岁！【舞霓裳】亲颁玉酝恩波广，惟惭庸劣怎承当！（生看旦介）俺仔细看他模样，只这持杯处，有万种风流殢人肠。

（生）朕有鸳鸯万金锦十匹，丽水紫磨金步摇一事，聊作缠头[25]。（出香囊介）还有自佩瑞龙脑八宝锦香囊一枚，解来助卿舞珮。（旦接香囊谢介）万岁。（生携旦行介）

【尾声】（生）《霓裳》妙舞千秋赏，合助千秋祝未央。（旦）侥幸杀亲沐君恩透体香。

（生）长生秘殿倚青苍，（吴融）
（旦）玉醴还分献寿觞。（张说）
（生）饮罢更怜双袖舞，（韩翃）
（旦）满身新带五云香。（曹唐）

注释

[1] 紫气东来：相传函谷关令尹喜见有紫气从东而来，知将有圣人过关，果然老子骑青牛来，喜便写下《道德经》。后人因以“紫气东来”表示祥瑞。

[2] “瑶池西望”两句：传说西王母住在瑶池。她来看汉武帝时，有一只青鸟飞来报信。

[3] 帨：古代的佩巾。《诗经·召南·野有死麕》：“舒而脱脱兮，无感我帨兮。”

[4] 紫云深处婺光明：比喻杨贵妃在宫里得宠。婺光，婺女（星宿名）的亮光。

《吕氏春秋·孟夏》："孟夏之月，日在毕，昏翼中，旦婺女中。"

[5] 初度：生日。

[6] 一叶阶蓂摇动炎光：一叶阶蓂，蓂荚长在阶前。蓂荚，一种传说中的象征祥瑞的草。班固《白虎通·符瑞》："蓂荚者，树名也，月一日一荚生，十五日毕，至十六日一荚去。故夹阶而生，以明日月也。"它每月从初一至十五，每日结一荚；从十六至月终，每日落一荚。所以从荚数多少，可以知道是何日。杨贵妃的生日是六月初一，所以是"一叶阶蓂摇动炎光"。

[7] 果合欢桃生千岁，花并蒂莲开十丈：果合欢，一个果实有两个果仁，这里指桃子。花并蒂，两朵花开在一个蒂上，这里指莲花。

[8] 正逢瑶圃千秋宴：瑶圃，传说中仙人住的地方，这里指唐宫殿。千秋宴，指杨贵妃的寿宴。

[9] 进到炎州十八娘：炎州，指南方。十八娘，荔枝的著名品种之一。

[10] 爱他浓染红绡，薄裹晶丸：红绡，指荔枝的果皮。晶丸，指荔枝的白色果肉。

[11] 火枣、交梨：均为神仙果，据说吃了可以上天。

[12] 瑶池阿母：即西王母，这里指代杨贵妃。

[13] 筝排柱：演奏前，把筝的弦调好。筝，古代一种弦乐器，有十三根弦线固定在小柱上。

[14] 柘枝：用柘（一种桑科树木）枝的色素所染成的黄赤色。这里指乐人的帽子的颜色。

[15] 歇拍：古代音乐术语，用来表明节拍速度。

[16] 飞绕虹梁：形容乐声悠扬悦耳，余音绕梁。

[17] 慢声：和下面的缠声、衮声，入破、摊破、出破，花犯、道和、傍拍、间拍、催拍、偷拍等都是古代音乐术语。

[18] 氍毹：纯毛或毛麻混织的毛布、毛毯，常铺在演戏场地上，借指戏台。

[19] 重结束：重新穿戴。

[20] 羯鼓：一种古代乐器。

[21] 高骞：高飞。

[22] 齐作留仙想：形容杨贵妃的舞姿。相传，一次赵飞燕舞蹈时，体态轻盈，几乎要乘风飞去，汉成帝叫人拖住她的裙子。这条裙子后来就叫留仙裙。

[23] 山呼万岁：高呼万岁，祝颂皇帝。据《汉书·武帝纪》记载，汉武帝登嵩山，有人呼"万岁"三次。

[24] 劳攘：辛苦。

[25] 缠头：古时歌舞者把锦帛缠在头上做装饰，称缠头。亦指赏给歌舞者的锦帛或财物。

第十七出　合　围

（外末、副净、小生扮四番将上）（外）三尺镔刀耀雪光，（末）腰间明月角弓张。（副净）葡萄酒醉胭脂血，（小生）貂帽花添锦绣装。（外）俺范阳镇东路将官何千年是也。（末）俺范阳镇西路将官崔乾佑是也。（副净）俺范阳镇南路将官高秀岩是也。（小生）俺范阳镇北路将官史思明是也。（各弯腰见科）请了，昨奉王爷将令，传集我等，只得齐至帐前伺候。道犹未了，王爷升帐也。（内鼓吹、掌号科）（净戎装引番姬、番卒上）

【越调·紫花拨四】统貔貅雄镇边关，双眸觑破番和汉，掌儿中握定江山，先把这四周围爪牙迭办[1]。

我安禄山夙怀大志，久蓄异谋。只因一向在朝[2]，受封东平王爵，宠幸无双，富贵已极，咱的心愿倒也罢了。叵耐[3]杨国忠那厮，与咱不合，出镇范阳。且喜跳出樊笼，正好暗图大事。俺家所辖，原有三十二路将官，番汉并用，性情各别，难以任为腹心。因此奏请一概俱用番将[4]。如今大小将领，皆咱部落。（笑科）任意所为，都无顾忌了。昨日传集他每俱赴帐前，这咱敢待齐也。（众进见科）三十二路将官参见。（净）诸将少礼。（众）请问王爷，传集某等，不知有何钧令？（净）众将官，目今秋高马壮，正好演习武艺。特召你等，同往沙地，大合围场，较猎[5]一番。多少是好！（众）谨遵将令。（净）就此跨马前去。（同众作上马科）（净）

【胡拨四犯】紫缰轻挽，（合）双手把紫缰轻挽，骗上马[6]，将盔缨低按。（行科）闪旗影云殷，没揣的动龙蛇[7]，一直的通霄汉。按奇门布下了九连坏[8]，觑定了这小中原在眼，消不得俺众路强蕃。（众四面立，净指科）这一员身材剽悍，那一员结束牢拴，这一员莽兀喇拳毛高鼻，那一员恶支沙雕目胡颜[9]，这一员会急迸格邦的弓开月满，那一员会滴溜扑碌的锤落星寒，这一员会咭吒克擦的枪风闪烁，那一员会悉力飒剌的剑雨澎滩，端的是人如猛虎离山涧，显英雄天可汗[10]！（众行科）（合）振军威，扑通通鼓鸣，惊魂破胆；排阵势，韵悠悠角声，人疾马闲。抵多少雷轰电转，可正是海沸也那河翻。折末的[11]铜作壁，铁作垒，有甚么攻不破、攻不破也雄关！（净）这里地阔沙平，就此摆开围场，射猎一回者。（净同番姬立高处，众排围射猎下）（净）摆围场这间、这间，四下里来挤攒、挤攒。马蹄儿泼刺刺旋风赴，不住的把弓来紧弯，弦来急攀。一回呵滚沙场兔、鹿儿无头赶，都难动弹，就地里踠跧。（众射鸟兽上）（净）把鹰、犬放过去者。（众应，放鹰、犬科，跑下）（净）呀呀呀，疾忙里一壁厢把翅摩霄的玉爪腾空散，一壁厢把足驾雾的金獒逐路拦，霎时间兽积、兽积如山。（众上献猎物科）禀王爷：众将献杀。（净）打的鸟兽，散给众军。就此高坡上，把人马歇息片时。大家炙肉暖酒，番姬每歌的歌，舞的舞，洒落一回者。（众）得令。（同席地坐，番姬送净酒，众作拔刀割肉，提背壶斟酒，大饮啖科）（番姬弹琵琶、浑不似[12]，众打太平鼓板[13]）（合）斟起这酪浆儿，满满的浮金盏，满满的浮盏。更把那连毛带血肉生餐，笑拥着番姬双颊丹，把琵琶忒楞楞弹也么弹，唱新声《菩萨蛮》[14]。（净起科）吃了一会，酒醉肉饱。天色已晚，诸将各回汛地。须要整顿兵器，练习军马，听候将令便了。（众应科）得令。（作同上马吹海螺，侧帽、摆手绕场疾行科）听罢了令，疾翻身跃登锦鞍，侧着帽、摆手轻儇。各自里回还，镇守定疆藩。摆搠些旗竿，装折着轮辐，听候传番，施逞凶顽。天降摧残，地起波澜，把渔阳凝盼[15]，一飞羽箭，争赴兵坛，专等你个抱赤心的将军、将军来调拣。

（众下）（净）你看诸路番将，一个个人强马壮，眼见得（俺）的羽翼已成。（笑科）唐天子，唐天子，我怎当得也！

【煞尾】没照会，先去了那掣肘汉家官[16]；有机谋，暗添上这助臂番儿汉。等不的宴华清《霓裳》法曲终，早看俺闹鼓鼙渔阳骁将反。

六州番落[17]从戎鞍，（薛逢）
战马闲嘶汉地宽。（刘禹锡）
倏忽抟风生羽翼，（骆宾王）
山川龙战血漫漫。（胡曾）

注释

[1] 不牙迭办：爪牙，比喻坏人的党羽。这里指何千年等人。迭办，办到，布置好。

[2] 只因一向在朝：安禄山是节度使，一向在范阳。

[3] 叵耐：无奈，也可以理解为可恨。

[4] 一概俱用番将：《资治通鉴》："二月，辛亥，安禄山使副将何千年入奏，请以蕃将三十二人代汉将。"

[5] 较猎：比赛打猎，看谁野兽打得多。

[6] 骗上马：迅速跳上马。

[7] 没揣的动龙蛇：没揣的，无端，忽然。龙蛇，双关语，既指旗上的图案，又用作安禄山的野心的象征。

[8] 按奇门布下了九连坏：奇门，古代一种神秘的术数，也称遁甲。九连环，九宫连环八卦阵。

[9] 恶支沙雕目胡颜：恶支沙，凶狠的。雕，一种猛禽。《史记·李将军列传》："是必射雕者也。"胡颜，外族人的面相。

[10] 显英雄天可汗：安禄山以天可汗自居。天可汗，唐朝时外族尊称唐太宗为天可汗。

[11] 折末的：任凭。

[12] 浑不似：一种古代乐器，形似琵琶，一作胡拨四。俞琰《席上腐谈》："王昭君琵琶坏，使胡人重造，而其形小。昭君笑曰：'浑不似。'今讹为胡拨四。"

[13] 太平鼓板：相传是太平宴时奏的乐曲，因它的主要乐器是鼓板而得名。

[14]《菩萨蛮》：唐朝教坊曲调名。

[15] 把渔阳凝盼：静待安禄山的命令。渔阳，这里指节度使安禄山。

[16]"没照会"两句：除去汉人官员的牵制，朝廷就不知道自己这一方的动静了。照会，知道。

[17] 六州番落：六州的番人部落。这里泛指安禄山所统辖的部落。六州，即伊州、梁州、甘州、石州、胡渭州、氐州。

第十八出　夜　怨

【正宫引子·破齐阵】【破阵子头】(旦上)宠极难拚轻舍，欢浓分外[1]生怜。【齐天乐】比目游双，鸳鸯眠并，未许恩移情变。【破阵子尾】只恐行云随风引，争奈闲花竞日妍，终朝心暗牵。

(清平乐)"卷帘不语，谁识愁千缕。生怕韶光无定主，暗里乱催春去。心中刚自疑猜，那堪踪迹全乖。凤辇却归何处？凄凉日暮空阶。"奴家杨玉环，久邀圣眷，爱结君心。叵耐梅精江采蘋，意不相下[2]。恰好触忤圣上，将他迁置楼东。但恐采蘋巧计回天，皇上旧情未断，因此常自提防。唉，江采蘋，江采蘋，非是我容你不得，只怕我容了你，你就容不得我也！今早圣上出朝，日色已暮，不见回宫，连着永新、念奴打听去了。此时情绪，好难消遣也！

【仙吕入双调·风云会四朝元】【四朝元头】烧残香串，深宫欲暮天。把文窗频启，翠箔高卷，眼儿几望穿。但常时此际，但常时此际，【会河阳】定早驾到西宫，执手齐肩。【四朝元】花映房栊，春生颜面，【驻云飞】百种耽欢恋。嗏，今夕问何缘，【一江风】芳草黄昏，不见承回辇？(内作鹦哥叫"圣驾来也"介)(旦作惊看介)呀，圣上来了！(作看介)呸，原来是鹦哥弄巧言，把愁人故相骗。【四朝元尾】只落得徘徊伫立，思思想想画栏凭遍。

(老旦上)"闻道君王前殿宿，内家各自撤红灯[3]。"(见介)启娘娘，万岁爷已宿在翠华西阁了。(旦呆介)有这等事！(泣介)

【前腔】君情何浅，不知人望悬！正晚妆慵卸，暗烛羞剪，待君来同笑言。向琼筵启处，向琼筵启处，醉月觞飞，梦雨床连。共命无分，同心不舛，怎蓦把人疏远！(老旦)万岁爷今夜偶不进宫，料非有意疏远，娘娘请勿伤怀！(旦)嗏，若不是情迁，便宿离宫，阿监何妨遣。我想圣上呵，从来未独眠，鸳衾厌孤展，怎得今宵枕畔，清清冷冷竟无人荐[4]！

(贴上)"雪隐鹭鸶飞始见，柳藏鹦鹉语方知。"(见介)娘娘，奴

婢打听翠阁的事来了。（旦）怎么说？（贴）娘娘听启，奴婢方才呵，【月临江】“悄向翠华西阁，守将时近黄昏，忽闻密旨遣黄门。”（旦）遣他何处去呢？（贴）“飞鞭乘戏马，灭烛召红裙。”（旦急问介）召那一个？（贴）“贬置楼东怨女，梅亭旧日妃嫔。”（旦惊介）呀，这是梅精了。他来也不曾？（贴）“须臾簇拥那佳人，暗中归翠阁。”（老旦问介）此话果真否？（贴）“消息探来真。”（旦）唉，天那，原来果是梅精复邀宠幸了。（作不语闷坐、掩泪介）（老旦、贴）娘娘请免愁烦。（旦）

【前腔】闻言惊颤，伤心痛怎言。（泪介）把从前密意，旧日恩眷，都付与泪花儿弹向天。记欢情始定，记欢情始定，愿似钗股成双，盒扇团圆。不道君心，霎时更变，总是奴当谴，嗏，也索把罪名宣，怎教冻蕊寒葩[5]，暗识东风[6]面。可知道身虽在这边，心终系别院。一味虚情假意，瞒瞒昧昧，只欺奴善。

（贴）娘娘还不知道，奴婢听得小黄门说，昨日万岁爷在花萼楼上，私封珍珠一斛去赐他，他不肯受。回献一诗，有“长门自是无梳洗，何必珍珠慰寂寥”之句，所以致有今夜的事。（旦）哦，原来如此，我那里知道！

【前腔】他向楼东写怨，把珍珠暗里传。直恁的两情难割，不由我寸心如剪。也非咱心太褊，只笑君王见错；笑君王见错，把一个罪废残妆，认是金屋婵娟。可知我守拙鸾凰，斗不上争春莺燕！（老旦）万岁爷既不忘情于他，娘娘何不迎合上意，力劝召回。万岁爷必然欢喜，料他也不敢忘恩。（旦）唉，此语休提。他自会把红丝缠。嗏，何必我重牵。只怕没头兴[7]的媒人，反惹他憎贱。你二人随我到翠阁去来。（贴）娘娘去怎的？（旦）我到那里，看他如何逞媚妍，如何卖机变，取次[8]把君情鼓动，颠颠倒倒暗中迷恋。

（贴）奴婢想今夜翠阁之事，原怕娘娘知道。此时夜将三鼓，万岁爷必已安寝。娘娘猝然走去，恐有未便。不如且请安眠，到明日再作理会。（旦作不语，掩泪叹介）唉，罢罢，只今夜教我如何得睡也！

【尾声】他欢娱只怕催银箭[9]，我这里寂寥深院，只索背着灯儿和衣将空被卷。

紫禁迢迢宫漏鸣，（戴叔伦）
碧天如水夜云生。（温庭筠）
泪痕不与君恩断，（刘皂）
斜倚熏笼坐到明。（白居易）

注释

[1] 分外：十分，特别。

[2] 意不相下：僵持，不肯退让。

[3] “闻道君王前殿宿”两句：妃嫔们在自己家门口点起红灯，准备接待皇帝。皇帝到谁那边去以后，各人就把红灯收起来。

[4] 荐：草席。《楚辞·九叹·逢份》：“薜荔饰而陆离荐兮，鱼鳞衣而自蜺裳。”这里作动词用，同寝。

[5] 冻蕊寒葩：梅花。这里指代梅妃。

[6] 东风：暗喻唐明皇。

[7] 没头兴：倒霉。

[8] 取次：随便，轻易。

[9] 催银箭：形容时间过得很快。银箭，银做的漏箭。

第十九出　絮　阁

（丑上）"自闭昭阳春复秋，罗衣湿尽泪还流。一种[1]蛾眉明月夜，南宫歌舞北宫愁。"咱家高力士，向年奉使闽粤，选得江妃进御，万岁爷十分宠幸。为他性爱梅花，赐号梅妃，宫中都称为梅娘娘。自从杨娘娘入侍之后，宠爱日夺，万岁爷竟将他迁置上阳宫东楼。昨夜忽然托疾，宿于翠华西阁，遣小黄门密召到来。戒饬[2]宫人，不得传与杨娘娘知道。命咱在阁前看守，不许闲人擅进。此时天色黎明，恐要送梅娘娘回去，只索在此伺候咱。（虚下）（旦行上）

【北黄钟·醉花阴】一夜无眠乱愁搅，未拔白[3]潜踪来到。往常见红日影弄花梢，软咍咍春睡难消，犹自压绣衾倒。今日呵，可甚的凤枕急忙抛，单则为那筹儿[4]撇不掉。

（丑一面暗上望科）呀，远远来的，正是杨娘娘，莫非走漏了消息么？现今梅娘娘还在阁里，如何是好？（旦到科）（丑忙见科）奴婢高力士，叩见娘娘。（旦）万岁爷在那里？（丑）在阁中。（旦）还有何人在内？（丑）没有。（旦冷笑科）你开了阁门，待我进去看者。（丑慌科）娘娘且请暂坐。（旦坐科）（丑）奴婢启上娘娘，万岁爷昨日呵，

【南画眉序】只为政勤劳，偶尔违和[5]厌烦扰。（旦）既是圣体违和，怎生在此驻宿？（丑）爱清幽西阁，暂息昏朝。（旦）在里面做甚么？（丑）偃龙床静养神疲。（旦）你在此何事？（丑）守玉户不容人到。（旦怒科）高力士，你待不容我进去么？（丑慌叩头科）娘娘息怒，只因亲奉君王命，量奴婢敢行违拗！

【北喜迁莺】（旦怒科）哇，休得把虚脾来掉[6]，嘴喳喳弄鬼妆幺[7]。（丑）奴婢怎敢？（旦）焦也波焦，急的咱满心越恼。我晓得你今日呵，别有个人儿挂眼稍，倚着他宠势高，明欺我失恩人时衰运倒。（起科）也罢，我只得自把门敲。

（丑）娘娘请坐，待奴婢叫开门来。（作高叫科）杨娘娘来了，开了

阁门者。（旦坐科）（生披衣引内侍上，听科）

【南画眉序】何事语声高，蓦忽将人梦惊觉。（丑又叫科）杨娘娘在此，快些开门。（内侍）启万岁爷，杨娘娘到了。（生作呆科）呀，这春光漏泄，怎地开交？（内侍）这门还是开也不开？（生）慢着。（背科）且教梅妃在夹幕中，暂躲片时罢。（急下）（内侍笑科）哎，万岁爷，万岁爷，笑黄金屋恁样藏娇[8]，怕葡萄架霎时推倒[9]。（生上作伏桌科）内侍，我着床傍枕佯推睡，你索把兽环[10]开了。

（内侍）领旨。（作开门科）（旦直入，见生科）妾闻陛下圣体违和，特来问安。（生）寡人偶然不快，未及进宫。何劳妃子清晨到此。（旦）陛下致疾之由，妾倒猜着几分了。（生笑科）妃子猜着何事来？（旦）

【北出队子】多则是相思萦绕，为着个意中人把心病挑。（生笑科）寡人除了妃子，还有甚意中人？（旦）妾想陛下向来钟爱，无过梅精。何不宣召他来，以慰圣情牵挂。（生惊科）呀，此女久置楼东，岂有复召之理！（旦）只怕悄东君[11]偷泄小梅梢，单只待望着梅来把渴消。（生）寡人那有此意。（旦）既不沙[12]，怎得那一斛珍珠去慰寂寥！

（生）妃子休得多心。寡人昨夜呵，

【南滴溜子】偶只为微疴[13]，暂思静悄。恁兰心蕙性，慢多度料，把人无端奚落。（作欠伸科）我神虚懒应酬，相逢话言少。请暂返香车，图个睡饱。

（旦作看科）呀，这御榻底下，不是一双凤舄么？（生急起，作欲掩科）在那里？（怀中掉出翠钿科）（旦拾看科）呀，又是一朵翠钿！此皆妇人之物，陛下既然独寝，怎得有此？（生作羞科）好奇怪！这是那里来的？连寡人也不解。（旦）陛下怎么不解？（丑作急态，一面背对内侍低科）呀，不好了，见了这翠钿、凤舄，杨娘娘必不干休。你每快送梅娘娘，悄从阁后破壁而出，回到楼东去罢。（内侍）晓得。（从生背后虚下）（旦）

【北刮地风】子[14]这御榻森严宫禁遥，早难道有神女飞度中宵。则问这两般信物何人掉？（作将舄、钿掷地，丑暗拾科）（旦）昨夜谁侍陛下寝来？可怎生般凤友鸾交，到日三竿犹不临朝？外人不知呵，都只说殢君王是我这庸姿劣貌。那知道恋欢娱，别有个雨窟云巢！请陛下早出视朝，妾在此候驾回宫者。（生）寡人今日有疾，不能视朝。（旦）虽则是蝶梦馀，

鸳浪中，春情颠倒，困迷离精神难打熬，怎负他凤墀前鹄立群僚[15]！

（旦作向前背立科）（丑悄上与生耳语科）梅娘娘已去了，万岁爷请出朝罢。（生点头科）妃子劝寡人视朝，只索勉强出去。高力士，你在此送娘娘回宫者。（丑）领旨。（向内科）摆驾。（内应科）（生）"风流惹下风流苦，不是风流总不知。"（下）（旦坐科）高力士，你瞒着我做得好事！只问你这翠钿、凤舄，是那一个的？（丑）

【南滴滴金】告娘娘省可[16]闲烦恼。奴婢看万岁爷与娘娘呵，百纵千随真是少。今日这翠钿、凤舄，莫说是梅亭旧日恩情好，就是六宫中新窈窕，娘娘呵，也只合佯装不晓，直恁破工夫多计较！不是奴婢擅敢多口，如今满朝臣宰，谁没有个大妻小妾，何况九重，容不得这宵！

【北四门子】（旦）呀，这非是衾裯不许他人抱，道的咱量似斗筲[17]！只怪他明来夜去装圈套，故将人瞒的牢。（丑）万岁爷瞒着娘娘，也不过怕娘娘着恼，非有他意。（旦）把似[18]怕我焦，则休将彼邀。却怎的劣云头只思别岫飘[19]。将他假做抛，暗又招，转关儿心肠难料。

（作掩泪坐科）（老旦上）清早起来，不见了娘娘，一定在这翠阁中，不免进去咱。（作进见旦科）呀，娘娘呵，

【南鲍老催】为何泪抛，无言独坐神暗消？（问丑科）高公公，是谁触着他情性娇？（丑低科）不要说起。（作暗出钿、舄与老旦看科）只为见了这两件东西，故此发恼。（老旦笑，低问科）如今那人呢？（丑）早已去了。（老旦）万岁爷呢？（丑）出去御朝了。永新姐，你来得甚好，可劝娘娘回宫去罢。（老旦）晓得了。（回向旦科）娘娘，你慢将眉黛颦，啼痕渗，芳心恼。晨餐未进过清早，怎自将千金玉体轻伤了？请回宫去寻欢笑。

（内）驾到。（旦起立科）（生上）"媚处娇何限，情深妒亦真。且将个中意，慰取眼前人。"寡人图得半夜欢娱，反受十分烦恼。欲待呵叱他一番，又恐他反道我偏爱梅妃，只索忍耐些罢。高力士，杨娘娘在那里？（丑）还在阁中。（老旦、丑暗下）（生作见旦，旦背立不语掩泣科）（生）呀，妃子，为何掩面不语？（旦不应科，生笑科）妃子休要烦恼，朕和你到花萼楼上看花去。（旦）

【北水仙子】问、问、问、问花萼娇，怕、怕、怕、怕不似楼东花[20]更好。有、有、有、有梅枝儿[21]曾占先春，又、又、又、又何用绿杨[22]牵绕。（生）寡人一点真心，难道妃子还不晓得！（旦）请、请、

请、请真心向故交，免、免、免、免人怨为妾情薄。（跪科）妾有下情，望陛下俯听。（生扶科）妃子有话，可起来说。（旦泣科）妾自知无状[23]，谬窃宠恩。若不早自引退，诚恐谣诼日加，祸生不测。有累君德鲜终，益增罪戾。今幸天眷犹存，望赐斥放。陛下善视他人，勿以妾为念也。（泣拜科）拜、拜、拜、拜辞了往日君恩天样高。（出钗、盒科）这钗、盒是陛下定情时所赐，今日将来交还陛下。把、把、把、把深情密意从头缴。（生）这是怎么说？（旦）省、省、省、省可自承旧赐福难消。

（旦悲咽，生扶起科）妃子何出此言，朕和你两人呵，

【南双声子】情双好，情双好，纵百岁犹嫌少。怎说到，怎说到，平白地分开了。总朕错，总朕错，请莫恼，请莫恼。（笑觑旦科）见了你这颦眉泪眼，越样生娇。

妃子可将钗、盒依旧收好。既是不耐看花，朕和你到西宫闲话去。

（旦）陛下诚不弃妾，妾复何言。（袖钗、盒，福生科）

【北尾煞】领取钗、盒再收好，度芙蓉帐暖今宵[24]，重把那定情时心事表。

（生携旦并下）（丑复上）万岁爷同娘娘进宫去了。咱如今且把这翠钿、凤舄，送还梅娘娘去。

柳色参差映翠楼，（司马札）
君王玉辇正淹留。（钱起）
岂知妃后多娇妒，（段成式）
恼乱东风卒未休。（罗隐）

注释

[1] 一种：同是。
[2] 戒饬：告诫。饬，通“敕”。
[3] 拔白：天刚刚亮。
[4] 那筹儿：那一件事。指唐明皇和梅妃的事。
[5] 违和：身体不适。
[6] 把虚脾来掉：虚脾，虚情假意。掉，摇晃，引申为耍弄别人。

[7] 妆幺：装模作样。

[8] 黄金屋恁样藏娇：含“金屋藏娇”的典故。指唐明皇将梅妃藏起来。

[9] 葡萄架霎时推倒：将葡萄架推倒。这里是争风吃醋的意思。

[10] 兽环：宫门上的装饰，这里指代宫门。

[11] 东君：春神。成彦雄《柳枝词》之三：“东君爱惜与先春，草泽无人处也新。”这里指唐明皇。

[12] 既不沙：不然，否则。

[13] 微疴：小病。

[14] 子：应作“只”解，不过。

[15] 群僚：指文武百官。

[16] 省可：免得。

[17] 斗筲：斗、筲均为不大的容器。形容气量很小。

[18] 把似：如果。

[19] 劣云头只思别岫飘：劣云头，比喻唐明皇。别岫，比喻梅妃。

[20] 楼东花：上阳宫东楼的花。这里比喻梅妃。

[21] 梅枝儿：梅花。这里比喻梅妃。

[22] 绿杨：碧绿的杨柳枝条。这里比喻杨贵妃。

[23] 无状：言行举止不当而羞于见人。

[24] 度芙蓉帐暖今宵：白居易《长恨歌》有“芙蓉帐暖度春宵”句，这里化用其意。

第二十出　侦　报

（外引末扮中军，四杂执刀棍上）“出守岩疆典巨城，风闻边事实堪惊。不知忧国心多少，白发新添四五茎。”下官郭子仪，叨蒙圣恩，擢拜灵武太守。前在长安，见安禄山面有反相，知其包藏祸心。不想圣上命彼出镇范阳，分明纵虎归山。却又许易番将，一发添其牙爪。下官自天德军升任以来，日夜担忧。此间灵武，乃是股肱重地，防守宜严。已遣精细哨卒，前往范阳采听去了。且待他来，便知分晓。

【双调·夜行船】（小生扮探子，执小红旗上）两脚似星驰和电捷，把边情打听些些。急离燕山，早来灵武。（作进见外，一足跪叩科）向黄堂[1]爆雷般唱一声高喏。

（外）探子，你回来了么？（小生）我“肩挑令字小旗红，昼夜奔驰疾似风。探得边关多少事，从头来报主人公。”（外）吩咐掩门。（众掩门科下）（外）探子，你探的安禄山军情怎地，兵势如何？近前来，细细说与我听者。（小生）爷爷听启，小哨一到了范阳镇上呵，

【乔木查】见枪刀似雪，密匝匝铁骑连营列。端的是号令如山把神鬼慑。那知有朝中天子尊，单逞他将军令阃外咋嗻[2]。

（外）那禄山在边关，近日作何勾当？（小生）

【庆宣和】他自请那番将更来，把那汉将撤，四下里牙爪排设。每日价跃马弯弓斗驰猎，把兵威耀也、耀也！

（外）还有什以举动波？（小生）

【落梅花】他贼行藏[3]真难料，歹心肠忒肆邪。诱诸番密相勾结，更私招四方亡命者，巢窟内尽藏凶孽。

（外惊科）呀，有这等事！难道朝廷之上，竟无人奏告么？（小生）闻得一月前，京中有人告称禄山反状，万岁爷暗遣中使，去到范阳，瞰其动静[4]。那禄山见了中使呵，

【风入松】十分的小心礼貌假妆呆，尽金钱遍布盖奸邪。把一个中官哄骗的满心悦，来回奏把逆迹全遮。因此万岁爷愈信不疑，反把告叛的人，送到禄山军前治罪。一任他横行傲桀，有谁人敢再弄唇舌！

（外叹介）如此怎生是了也！（小生）前日杨丞相又上一本，说禄山叛迹昭然，请皇上亟加诛戮。那禄山见了此本呵，

【拨不断】也不免脚儿跌，口儿嗟，意儿中忐忑，心儿里怯。不想圣旨倒说禄山诚实，丞相不必生疑。他一闻此信，便就呵呵大笑，骂这谗臣奈我耶，咬牙根誓将君侧权奸灭，怒轰轰急待把此仇来雪。

（外）呀，他要诛君侧之奸，非反而何？且住，杨相这本怎么不见邸抄[5]？（小生）此是密本，原不发抄。只因杨丞相要激禄山速反[6]，特着塘报抄送去的[7]。（外怒科）唉，外有逆藩，内有奸相，好教人发指也！（小生）小哨还打听的禄山近有献马一事，更利害哩！

【离亭宴带歇拍煞】他本待逞豺狼，魆地里思抄窃[8]。巧借着献骅骝，乘势去行强劫。（外）怎么献马？可明白说来者。（小生）他遣何千年赍表，奏称献马三千匹，每马一匹，有甲士二人，又有二人御马，一人刍牧，共三五一万五千人，护送入京。一路里兵强马劣，闹汹汹怎提防！乱纷纷难镇压，急攘攘谁拦截。生兵入帝畿，野马临城阙，怕不把长安来闹者。（外惊科）唉，罢了，此计若行，西京[9]危矣。（小生）这本方才进去，尚未取旨[10]。只是禄山呵，他明把至尊欺，狡将奸计使，险备机关设。马蹄儿纵不行，狼性子终难帖，逗的[11]鼙鼓向渔阳动也，爷爷呵，莫待传白羽[12]始安排。小哨呵，准备闪红旗再报捷。

（外）知道了。赏你一坛酒，一腔羊，五十两花银，免一月打差。去罢。（小生叩头科）谢爷。（外）叫左右，开门。（众应上，作开门科）（小生下）（外）中军官。（末应介）（外）传令众军士，明日教场操演，准备酒席犒赏。（末）领钧旨。（先下）

（外）数骑渔阳探使回，（杜牧）
威雄八阵役风雷。（刘禹锡）
胸中别有安边计，（曹唐）
军令分明数举杯。（杜甫）

注释

[1] 黄堂：太守、知府。

[2] 将军令阃外咗嗻：都城之外都归将军所管，他的威权极大。阃，城墙门门槛。咗嗻，很厉害，了不起。

[3] 行藏：行为。

[4] “万岁爷暗遣中使”三句：据《资治通鉴》记载，天宝十四年二月，宰相韦见素、杨国忠告安禄山有反叛的阴谋。唐明皇派中使辅璆琳调查，以赐安禄山柑子为名，去查看他的动静。没想到璆琳受到安禄山的贿赂，竭力为他辩解。因此，唐明皇对安禄山更加信任。

[5] 邸抄：又称邸报，汉唐时的地方长官，皆在京师设邸；邸中传抄诏令奏章之属，以通报诸侯、藩镇，称作邸报。

[6] 杨丞相要激禄山速反：据《资治通鉴》记载，天宝十四年十月，“杨国忠与禄山不相悦，屡言禄山且反，上不听。国忠数以事激之，欲其速反，以取信于上。”

[7] 塘报：驿报。塘，古代的通信站。

[8] 魆地里思抄窃：企图暗中偷袭。魆地里，偷偷地。抄窃，绕道袭击。

[9] 西京：指长安。唐以洛阳为东都，以长安为西京。

[10] “这本方才进去”两句：据《资治通鉴》记载，天宝十四年，“禄山表献马三千匹，每匹执控夫二人，遣蕃将二十二人部送。河南尹达奚珣疑有变，奏请谕禄山，以进车马宜俟至冬，官自给夫，无烦本军。于是上稍寤，始有疑禄山之意。”

[11] 逗的：到，等到。逗，临，到。

[12] 白羽：即羽檄，古代征调军队的文书。

第二十一出　窥　浴

【仙吕入双调·字字双】（丑扮宫女上）自小生来貌天然，花面；宫娥队里我为先，扫殿。忽逢小监在阶前，胡缠；伸手摸他裤儿边，不见。

“我做宫娥第一，标致无人能及。腮边花粉糊涂，嘴上胭脂狼藉。秋波俏似铜铃，弓眉弯得笔直。春纤十个擂槌，玉体浑身糙漆。柳腰松段十围，莲瓣滩船半只。杨娘娘爱我伶俐，选做《霓裳》部色。只因喉咙太响，歌时嘴边起个霹雳。身子又太狼犺[1]，舞去冲翻了御筵桌席。皇帝见了发恼，打落子弟[2]名籍。登时发到骊山，派到温泉殿中承值。昨日銮舆临幸，同杨娘娘在华清驻跸。传旨要来共浴汤池，只索打扫铺陈收拾。”道犹未了，那边一个宫人来也。

【雁儿舞】（副净扮宫女上）担阁[3]青春，后宫怨女，漫跌脚捶胸，有谁知苦。拚着一世没有丈夫，做一只孤飞雁儿舞。

（见介）（丑）姐姐，你说甚么《雁儿》舞！如今万岁爷，有了杨娘娘的《霓裳》舞，连梅娘娘的《惊鸿》舞，也都不爱了。（副净）便是。我原是梅娘娘的宫人。只为我娘娘，自翠阁中忍气回来，一病而亡，如今将我拨到这里。（丑）原来如此，杨娘娘十分妒忌，我每再休想有承幸之日。（副净）罢了。（丑）万岁爷将次[4]到来，我和你且到外厢伺候去。（虚下）（末、小生扮内侍，引生、旦、老旦、贴随行上）

【羽调近词·四季花】别殿景幽奇：看雕梁畔，珠帘外，雨卷云飞。逶迤，朱阑儿曲环画溪，修廊数层接翠微。绕红墙，通玉扉。（末、小生）启万岁爷，到温泉殿了。（生）内侍回避。（末、小生应下）（生）妃子，你看清渠屈注，洄澜皱漪，香泉柔滑宜素肌。朕同妃子试浴去来。（老、贴与生、旦脱去大衣介）（生）妃子，只见你款[5]解云衣，早现出珠辉玉丽，不由我对你爱你、扶你、觑你、怜你！

（生携旦同下）（老旦）念奴姐，你看万岁爷与娘娘恁般恩爱，真令人羡杀也。（贴）便是。（老旦）

【凤钗花络索】【金凤钗】花朝拥，月夜偎，尝尽温柔滋味。【胜如花】（贴合）镇相连似影追形，分不开如刀划水。【醉扶归】千般捫纵[6]百般随，两人合一副肠和胃。【梧叶儿】密意口难提，写不迭[7]鸳鸯帐，绸缪无尽期。（老旦）姐姐，我与你服侍娘娘多年，虽睹娇容，未窥玉体。今日试从绮疏隙处，偷觑一觑何如？（贴）恰好，（同作向内窥介）【水红花】（合）悄偷窥，亭亭玉体，宛似浮波菡萏，含露弄娇辉。【浣溪纱】轻盈臂腕消香腻，绰约腰身漾碧漪。【望吾乡】（老旦）明霞骨，沁雪肌。【大胜乐】（贴）一痕酥透双蓓蕾，（老旦）半点春藏小麝脐。【傍妆台】（贴）爱杀红巾罅，私处露微微。永新姐，你看万岁爷呵，【解三酲】凝睛睇，【八声甘州】恁孜孜含笑，浑似呆痴。【一封书】（合）休说俺偷眼宫娥魂欲化，则他个见惯的君王也不自持。【皂罗袍】（老旦）恨不把春泉翻竭，（贴）恨不把玉山洗颓[8]，（老旦）不住的香肩呜嘬[9]，（贴）不住的纤腰抱围，【黄莺儿】（老旦）俺娘娘无言匿笑含情对。（贴）意怡怡，【月儿高】灵液春风，淡荡恍如醉。【排歌】（老旦）波光暖，日影晖，一双龙戏出平池。【桂枝香】（合）险把个襄王[10]渴倒阳台下，恰便似神女携将暮雨归。

（丑、副净暗上笑介）两位姐姐，看得高兴啊，也等我每看看。（老旦、贴）姐姐，我每伺候娘娘洗浴，有甚高兴。（丑、副净笑介）只怕不是伺候娘娘，还在那里偷看万岁爷哩。（老旦、贴）啐，休得胡说，万岁爷同娘娘出来也。（丑、副净暗下）（生同旦上）

【二犯掉角儿】【掉角儿】出温泉新凉透体，睹玉容愈增光丽。最堪怜残妆乱头，翠痕干晚云[11]生腻。（老旦、贴与生、旦穿衣介）（旦作娇软态，老旦、贴扶介）（生）妃子，看你似柳含风，花怯露。软难支，娇无力，倩人扶起。（二内侍引杂推小车上）请万岁爷、娘娘上如意小车，回华清宫去。（生）将车儿后面随着。（二内侍）领旨。（生携旦行介）妃子，【排歌】朕和你肩相并，手共携，不须花底小车催，【东瓯令】趁扑面好风归。

【尾声】（合）意中人，人中意，则那些无情花鸟也情痴，一般的解结双头学并栖。

（生）花气浑如百和香，（杜甫）

（旦）避风新出浴盆汤。（王建）
（生）侍儿扶起娇无力，（白居易）
（旦）笑倚东窗白玉床。（李白）

注释

[1] 狼犺：蠢笨，笨重。
[2] 子弟：即皇家教坊子弟。
[3] 担阁：耽搁。
[4] 将次：快要。
[5] 款：慢慢地。
[6] 搁纵：迁就，放任。
[7] 写不迭：形容不完。
[8] 玉山洗颓：比喻人醉倒。《世说新语·容止》："山公曰：'嵇叔夜之为人也，岩岩若孤松之独立；其醉也，傀俄若玉山之将崩。'"这里形容洗浴困乏。
[9] 呜嘬：吻。
[10] 襄王：楚襄王。
[11] 晚云：指头发。

第二十二出　密　誓

【越调引子·浪淘沙】（贴扮织女，引二仙女上）云护玉梭儿，巧织机丝。天宫原不着相思，报道今宵逢七夕，忽忆年时[1]。

【鹊桥仙】"纤云弄巧，飞星传信，银汉秋光暗度。金风玉露一相逢，便胜却人间无数。柔肠似水，佳期如梦，遥指鹊桥前路。两情若是久长时，又岂在朝朝暮暮[2]。"吾乃织女是也。蒙上帝玉敕，与牛郎结为天上夫妇。年年七夕，渡河相见。今乃下界天宝十载，七月七夕。你看明河无浪，乌鹊将填[3]，不免暂撇机丝，整妆而待。（内细乐扮乌鹊上，绕场飞介）（前场设一桥，乌鹊飞止桥两边介）（二仙女）鹊桥已驾，请娘娘渡河。（贴起行介）

【越调过曲·山桃红】【下山虎头】俺这里乍抛锦字，暂驾香辎[4]。（合）趁碧落无云滓，新凉暮飔，（作上桥介）踩上这桥影参差，俯映着河光净泚。【小桃红】更喜杀新月纤，华露滋，低绕着乌鹊双飞翅也，【下山虎尾】陡觉的银汉秋生别样姿。（作过桥介）（二仙女）启娘娘，已渡过河来了。（贴）星河之下，隐隐望见香烟一簇，摇扬腾空，却是何处？（仙女）是唐天子的贵妃杨玉环，在宫中乞巧哩。（贴）生受[5]他一片诚心，不免同了牛郎，到彼一看。（合）天上留佳会，年年在斯，却笑他人世情缘顷刻时。（齐下）

【商调过曲·二郎神】（二内侍挑灯，引生上）秋光静，碧沉沉轻烟送暝[6]。雨过梧桐微做冷，银河宛转，纤云点缀双星。（内作笑声，生听介）顺着风儿还细听，欢笑隔花阴树影。内侍，是那里这般笑语？（内侍问介）万岁爷问，那里这般笑语？（内）是杨娘娘到长生殿去乞巧哩。（内侍回介）杨娘娘到长生殿去乞巧，故此笑语。（生）内侍每不要传报，待朕悄悄前去。撤红灯，待悄向龙墀觑个分明。（虚下）

【前腔】【换头】（旦引老旦、贴同二宫女各捧香盒、纨扇、瓶花、化生金盆[7]上）宫庭，金炉篆霭，烛光掩映。米大蜘蛛厮抱定[8]，金盘种豆[9]，花枝招飐[10]

银瓶。（老旦、贴）已到长生殿中，巧筵齐备，请娘娘拈香。（作将瓶花、化生盆设桌上，老旦捧香盒，旦拈香介）妾身杨玉环，虔爇心香，拜告双星，伏祈鉴佑。愿钗盒情缘长久订，（拜介）莫使做秋风扇冷。（生潜上窥介）觑娉婷，只见他拜倒在瑶阶暗祝声声。

（老旦、贴作见生介）呀，万岁爷到了。（旦急转，拜生介）（生扶起介）妃子在此，作何勾当？（旦）今乃七夕之期，陈设瓜果，特向天孙乞巧。（生笑介）妃子巧夺天工，何须更乞。（旦）惶愧。（生、旦各坐介）（老旦、贴同二宫女暗下）（生）妃子，朕想牵牛、织女隔断银河，一年才会得一度，这相思真非容易也。

【集贤宾】秋空夜永碧汉清，甫[11]灵驾逢迎，奈天赐佳期刚半顷，耳边厢容易鸡鸣。云寒露冷，又趱上经年孤另。（旦）陛下言及双星别恨，使妾凄然。只可惜人间不知天上的事。如打听，决为了相思成病。

（作泪介）（生）呀，妃子为何掉下泪来？（旦）妾想牛郎织女，虽则一年一见，却是地久天长。只恐陛下与妾的恩情，不能够似他长远。（生）妃子说那里话！

【黄莺儿】仙偶[12]纵长生，论尘缘[13]也不恁争。百年好占风流胜，逢时对景，增欢助情，怪伊底事反悲哽？（移坐近旦低介）问双星，朝朝暮暮，争似我和卿！

（旦）臣妾受恩深重，今夜有句话儿……（住介）（生）妃子有话，但说不妨。（旦对生呜咽介）妾蒙陛下宠眷，六宫无比。只怕日久恩疏，不免白头之叹[14]！

【莺簇一金罗】【黄莺儿】提起便心疼，念寒微侍掖庭，更衣傍辇多荣幸。【簇御林】瞬息间，怕花老春无剩，【一封书】宠难凭。（牵生衣泣介）论恩情，【金凤钗】若得一个久长时死也应，若得一个到头时死也瞑。【皂罗袍】抵多少平阳歌舞，恩移爱更[15]；长门孤寂，魂销泪零：断肠枉泣红颜命！

（生举袖与旦拭泪介）妃子，休要伤感。朕与你的恩情，岂是等闲可比。

【簇御林】休心虑，免泪零，怕移时，有变更。（执旦手介）做酥儿拌蜜胶粘定，总不离须臾顷。（合）话绵藤[16]，花迷月暗，分不得影和形。

（旦）既蒙陛下如此情浓，趁此双星之下，乞赐盟约，以坚终始。（生）朕和你焚香设誓去。（携旦行介）

【琥珀猫儿坠】（合）香肩斜靠，携手下阶行。一片明河当殿横，（旦）

罗衣陡觉夜凉生。（生）惟应，和你悄语低言，海誓山盟。

（生上香揖同旦福介）双星在上，我李隆基与杨玉环，（旦合）情重恩深，愿世世生生，共为夫妇，永不相离。有渝此盟[17]，双星鉴之。（生又揖介）在天愿为比翼鸟，（旦拜介）在地愿为连理枝。（合）天长地久有时尽，此誓绵绵无绝期。（旦拜谢生介）深感陛下情重，今夕之盟，妾死生守之矣。（生携旦介）

【尾声】长生殿里盟私订。（旦）问今夜有谁折证[18]？（生指介）是这银汉桥边双双牛女星。（同下）

【越调过曲·山桃红】（小生扮牵牛，云巾、仙衣，同贴引仙女上）只见他誓盟密矢[19]，拜祷孜孜，两下情无二，口同一辞。（小生）天孙，你看唐天子与杨玉环，好不恩爱也！悄相偎倚着香肩，没些缝儿。我与你既缔天上良缘，当作情场管领[20]。况他又向我等设盟，须索与他保护。见了他恋比翼，慕并枝，愿生生世世情真至也，合令他长作人间风月司[21]。（贴）只是他两人劫难将至，免不得生离死别。若果后来不背今盟，决当为之绾合。（小生）天孙言之有理。你看夜色将阑，且回斗牛宫去。（携贴行介）（合）天上留佳会，年年在斯，却笑他人世情缘顷刻时！

何用人间岁月催，（罗邺）
星桥横过鹊飞回。（李商隐）
莫言天上稀相见，（李郢）
没得心情送巧来。（罗隐）

注释

[1] 年时：从前。

[2] “纤云弄巧”十句：语出秦观《鹊桥仙》。

[3] 乌鹊待填：乌鹊，喜鹊。将填，传说七夕时，喜鹊将在银河上搭成一座桥，使牛郎织女相会。

[4] 香辎：香车。

[5] 生受：原是为难的意思，这里理解为多亏，表示赞许。

[6] 暝：黄昏。

[7] 化生金盆：唐朝风俗，农历七月初七，妇女将蜡做的婴儿放在水中，据说这样可以求子。这里用来点明七夕的风光。

[8] 米大蜘蛛厮抱定：唐朝风俗，指乞巧。农历七月初七，把蜘蛛捉来放在小盒子里。第二天早上，看蛛网有多少。蛛网多，乞来的巧就多。抱，捉住。

[9] 金盘种豆：将小豆、小麦等浸在盆内，等芽长到三四寸时，再用彩色丝线绕起来。

[10] 招飐：招展。

[11] 甫：刚才。

[12] 仙偶：指牛郎织女。

[13] 尘缘： 指自己（唐明皇）和杨贵妃的爱情。

[14] 白头之叹：相传司马相如想娶妾，他的妻子卓文君写了一篇《白头吟》，感叹夫妻爱情不能始终如一。

[15] “抵多少平阳歌舞”两句：汉武帝的皇后卫子夫原是平阳公主的歌女，在公主家被武帝看中后，一年多没有见到武帝，后来又得宠，被封为皇后。多年之后，她又因年老色衰而失宠。

[16] 绵藤：缠绵。

[17] 渝：改变，违背。

[18] 折证：做证。

[19] 矢：作动词用，发誓。

[20] 情场管领：管理恋爱的神。

[21] 风月司：管理恋爱的人。

第二十三出　陷　关

【越调引子·杏花天】（净领二番将，四军执旗上）狼贪虎视威风大，镇渔阳兵雄将多。待长驱直把殽函[1]破，奏凯日齐声唱歌。

咱家安禄山，自出镇以来，结连塞上诸蕃，招纳天下亡命，精兵百万[2]，大事可举。只因唐天子待我不薄，思量等他身后方才起兵。叵耐杨国忠那厮，屡次说我反形大著，请皇上急加诛戮。天子虽然不听，只是咱在边关，他在朝内，若不早图，终恐遭其暗算。因此假造敕书，说奉密旨，召俺领兵入朝诛戮国忠。乘机打破西京，夺取唐室江山，可不遂了我平生大愿！今乃黄道吉日，蕃将每，就此起兵前去。（众）得令。（发号行介）（净）

【越调过曲·豹子令】只为奸臣酿大祸，（众）酿大祸，（净）致令边镇起干戈，（众）起干戈。（合）逢城攻打逢人剁，尸横遍野血流河，烧家劫舍抢娇娥。（喊杀下）

【水底鱼】（丑白须扮哥舒老将[3]引二卒上）年纪无多，刚刚八十过。渔阳兵至，认咱这老哥。自家老将哥舒翰是也，把守潼关。不料安禄山造反，杀奔前来，决意闭关死守。争奈监军内侍，立逼出战。势不由己，军士海，与我并力杀上前去。（卒）得令。（行介）（净领众杀上）（丑迎杀大战介）（净众擒丑绑介）（净）拿这老东西过来。我今饶你老命，快快献关降顺。（丑）事已至此，只得投降。（众推丑下）（净）且喜潼关已得，势如破竹，大小三军，就此杀奔西京便了。（众应，呐喊行介）跃马挥戈，精兵百万多。靴尖略动，踏残山与河，踏残山与河。

平旦交锋晚未休，（王遒）
动天金鼓逼神州。（韩偓）
潼关一败番儿喜，（司空图）
倒把金鞭上酒楼。（薛逢）

注释

[1] 殽函：古代对殽山和函谷关的合称。相当于今陕西潼关以东至河南新安。高峰绝谷，峻阪迂回，形势险要。为安禄山攻占长安的必经之地。

[2] 精兵百万：安禄山起兵时有十五万兵马，号称二十万。天宝十四年十一月，安禄山在范阳起兵。这和正史中的相关记载相符。

[3] 哥舒老将：指哥舒翰。他原任河西、陇右两镇节度使，后年老卧病在家。安禄山占领洛阳后，哥舒翰被任命为兵马副元帅，率军防守潼关。

第二十四出　惊　变

（丑上）“玉楼天半起笙歌[1]，风送宫嫔[2]笑语和。月殿影开闻夜漏[3]，水晶帘卷近秋河[4]。”咱家高力士，奉万岁爷之命，着咱在御花园中安排小宴。要与贵妃娘娘同来游赏，只得在此伺候。（生、旦乘辇[5]，老旦、贴随后，二内侍引，行上）

【北中吕·粉蝶儿】天淡云闲，列长空数行新雁。御园中秋色斓斑[6]：柳添黄，蘋减绿，红莲脱瓣。一抹雕阑，喷清香桂花初绽。

（到介）（丑）请万岁爷、娘娘下辇。（生、旦下辇介）（丑同内侍暗下）（生）妃子，朕与你散步一回者。（旦）陛下请。（生携旦手介）（旦）

【南泣颜回】携手向花间，暂把幽怀同散。凉生亭下，风荷[7]映水翩翻。爱桐阴静悄，碧沉沉并绕回廊看。恋香巢秋燕依人，睡银塘鸳鸯蘸眼[8]。

（生）高力士，将酒过来，朕与娘娘小饮数杯。（丑）宴已排在亭上，请万岁爷、娘娘上宴。（旦作把盏，生止住介）妃子坐了。

【北石榴花】不劳你玉纤纤高捧礼仪烦，子待借小饮对眉山[9]。俺与你浅斟低唱互更番，三杯两盏，遣兴消闲。妃子，今日虽是小宴，倒也清雅。回避了御厨中，回避了御厨中烹龙炰凤[10]堆盘案，咿咿哑哑乐声催趱[11]。只几味脆生生[12]，只几味脆生生蔬和果清肴馔[13]，雅称[14]你仙肌玉骨美人餐。

妃子，朕与你清游小饮，那些梨园旧曲，都不耐烦听他。记得那年在沉香亭[15]上赏牡丹，召翰林李白草《清平调》三章[16]，令李龟年度成新谱，其词甚佳。不知妃子还记得么？（旦）妾还记得。（生）妃子可为朕歌之，朕当亲倚玉笛以和。（旦）领旨。（老旦进玉笛，生吹介）（旦按板介）

【南泣颜回】【换头】花繁，秾艳想容颜。云想衣裳光璨[17]，新妆谁似，可怜飞燕娇懒[18]。名花国色，笑微微常得君王看。向春风解释春愁，沉香亭同倚阑干[19]。

（生）妙哉，李白锦心，妃子绣口[20]，真双绝矣。宫娥，取巨觞来，朕与妃子对饮。（老旦、贴送酒介）（生）

【北斗鹌鹑】畅好[21]是喜孜孜驻拍停歌，喜孜孜驻拍停歌，笑吟吟传杯送盏。妃子干一杯，（作照干介）不须他絮烦烦射覆藏钩[22]，闹纷纷弹丝弄板。（又作照杯介）妃子，再干一杯。（旦）妾不能饮了。（生）宫娥每，跪劝。（老旦、贴）领旨。（跪旦介）娘娘，请上这一杯。（旦勉饮介）（老旦、贴作连劝介）（生）我这里无语持觞仔细看，早子见花一朵上腮间。（旦作醉介）妾真醉矣。（生）一会价软咍咍柳亸花欹[23]，软咍咍柳亸花欹，困腾腾莺娇燕懒。

妃子醉了，宫娥每，扶娘娘上辇进宫去者。（老旦、贴）领旨。（作扶旦起介）（旦作醉态呼介）万岁！（老旦、贴扶旦行）（旦作醉态介）

【南扑灯蛾】态恹恹轻云软四肢，影蒙蒙空花乱双眼，娇怯怯柳腰扶难起，困沉沉强抬娇腕，软设设金莲倒褪，乱松松香肩亸云鬟，美甘甘思寻凤枕，步迟迟，倩宫娥搀入绣帏间。

（老旦、贴扶旦下）（丑同内侍暗上）（内击鼓介）（生惊介）何处鼓声骤发？（副净急上）渔阳鼙鼓动地来，惊破《霓裳羽衣》曲。（问丑介）万岁爷在那里？（丑）在御花园内。（副净）军情紧急，不免径入。（进见介）陛下，不好了。安禄山起兵造反，杀过潼关，不日就到长安了。（生大惊介）守关将士何在？（副净）哥舒翰兵败，已降贼了。（生）

【北上小楼】呀，你道失机的哥舒翰……称兵的安禄山，赤紧的离了渔阳，陷了东京，破了潼关。唬得人胆战心摇，唬得人胆战心摇，肠慌腹热，魂飞魄散，早惊破月明花粲。

卿有何策，可退贼兵？（副净）当日臣曾再三启奏，禄山必反，陛下不听，今日果应臣言。事起仓卒，怎生抵敌？不若权时幸蜀，以待天下勤王[24]。（生）依卿所奏。快传旨，诸王百官，即时随驾幸蜀便了。（副净）领旨。（急下）（生）高力士，快些整备军马。传旨令右龙武将军陈元礼，统领羽林军士三千扈驾[25]前行。（丑）领旨。（下）（内侍）请万岁爷回宫。（生转行叹介）唉，正尔欢娱，不想忽有此变，怎生是了也！

【南扑灯蛾】稳稳的宫庭宴安，扰扰的边廷造反。冬冬的鼙鼓喧，腾腾的烽火黫[26]。的溜扑碌臣民儿逃散，黑漫漫乾坤覆翻，磣磕磕[27]

社稷摧残，磣磕磕社稷摧残。当不得萧萧飒飒西风送晚，黯黯的一轮落日冷长安。

（向内问介）宫娥每，杨娘娘可曾安寝？（老旦、贴内应介）已睡熟了。

（生）不要惊他，且待明早五鼓同行。（泣介）天那，寡人不幸，遭此播迁，累他玉貌花容，驱驰道路。好不痛心也！

【南尾声】在深宫兀自娇慵惯，怎样支吾蜀道难！（哭介）我那妃子呵，愁杀你玉软花柔要将途路趱。

宫殿参差落照间，（卢纶）
渔阳烽火照函关。（吴融）
遏云[28]声绝悲风起，（胡曾）
何处黄云是陇山[29]。（武元衡）

注释

[1] 玉楼天半起笙歌：玉楼，华丽的高楼，指宫殿。天半，半空中，形容极高。

[2] 宫嫔：宫女。

[3] 夜漏：古代计时的工具。

[4] 水晶帘卷近秋河：水晶帘，珠帘。秋河，银河。

[5] 辇：用人推挽的车。这里指帝王所乘的便车。

[6] 斓斑：斑斓，灿烂多彩。

[7] 风荷：风中的莲花。

[8] 蘸眼：耀眼，引人注目。

[9] 子待借小饮对眉山：子待，只待。眉山，用青黑色画过的眉毛，其色、状与远山相似，故称为眉山。与前句"玉纤纤高捧"暗含"举案齐眉"的典故，梁鸿的妻子（孟光）把食案举过头，表示对丈夫的尊敬。后来"举案齐眉"用来形容夫妻相敬如宾。

[10] 烹龙炰凤：指烹制的珍贵食品。

[11] 催趱：各种乐器竞相奏起。

[12] 脆生生：清新爽口。

[13] 肴馔：指酒菜。

[14] 雅称：非常适合、相称。

[15] 沉香亭：亭名。在唐玄宗时长安兴庆宫内。

[16] 召翰林李白草《清平调》三章：据《松窗杂录》记载，天宝初，李白在长安供奉翰林。唐玄宗与杨贵妃在兴庆宫沉香亭前赏牡丹，命李白进新词，李白挥笔写成《清平调》三章。

[17] “花繁”三句：化用李白《清平调》其一“云想衣裳花想容，春风拂槛露华浓”两句。

[18] “新妆谁似”两句：化用李白《清平调》其二“借问汉宫谁得似，可怜飞燕倚新妆”两句。飞燕，即汉成帝的皇后赵飞燕，以貌美著称。

[19] “名花国色”四句：化用李白《清平调》其三：“名花倾国两相欢，常得君王带笑看。解释春风无限恨，沉香亭北倚阑干。”名花，指牡丹。国色，在一国内容貌最美的女子。《公羊传·昭公三十一年》：“颜夫人者，妪盈女也，国色也。”解释，解除，消除。

[20] “李白锦心”两句：李白文思美妙，杨贵妃歌声优美。柳宗元《乞巧文》：“骈四俪六，锦心绣口。”锦心，形容写文章的人的心。绣口，指文章词藻华丽，这里指歌声优美。

[21] 畅好是：正好是。

[22] 射覆藏钩：均为古代游戏。射覆，《汉书·东方朔传》：“上尝使诸数家射覆。”颜师古注：“数家，术数之家也。于覆器之下而置诸物，令人暗射之，故云射覆。”让人猜出器物覆盖的东西，后世称猜迷语为射覆。藏钩，《艺经》：“腊日饮祭之后，叟妪儿童为藏钩之戏，分为二曹，以较胜负。”游戏分为两队，把钩藏于一人手中，让人猜，猜中为胜。

[23] 软咍咍柳亸花欹：软咍咍，软绵绵。亸，垂，下垂。

[24] 勤王：指封建时代由地方出兵援救朝廷。

[25] 扈驾：随从帝王的车驾。

[26] 黫：黑貌。

[27] 磣磕磕：也作磣可可。曲中常用语，惨痛的意思。

[28] 遏云：阻止行云。形容乐声高入云霄，很美妙。

[29] 何处黄云是陇山：黄云，黄色云气，此指天子之气。陇山，六盘山南段别称，在今陕西陇县西南。唐玄宗由长安奔成都，途经陇山。

第二十五出　埋　玉

【南吕过曲·金钱花】（末扮陈元礼引军士上）拥旄仗钺前驱[1]，前驱，羽林拥卫銮舆，銮舆。匆匆避贼就征途。人跋涉，路崎岖。知何日，到成都。

下官右龙武将军陈元礼是也。因禄山造反，破了潼关。圣上避兵幸蜀，命俺统领禁军扈驾。行了一程，早到马嵬驿了。（内鼓噪介）（末）众军为何呐喊？（内）禄山造反，圣驾播迁，都是杨国忠弄权，激成变乱。若不斩此贼臣，我等死不扈驾。（末）众军不必鼓噪，暂且安营。待我奏过圣上，自有定夺。（内应介）（末引军重唱“人跋涉”四句下）（生同旦骑马，引老旦、贴、丑行上）

【中吕过曲·粉孩儿】匆匆的弃宫闱珠泪洒，叹清清冷冷半张銮驾，望成都直在天一涯。渐行来渐远京华，五六搭剩水残山，两三间空舍崩瓦。

（丑）来此已是马嵬驿了，请万岁爷暂住銮驾。（生、旦下马，作进坐介）（生）寡人不道，误宠逆臣，致此播迁，悔之无及。妃子，只是累你劳顿，如之奈何！（旦）臣妾自应随驾，焉敢辞劳。只愿早早破贼，大驾还都便好。（内又喊介）杨国忠专权误国，今又交通吐蕃，我等誓不与此贼俱生。要杀杨国忠的，快随我等前去。（杂扮四军提刀赶副净上，绕场奔介）（军作杀副净，呐喊下）（生惊介）高力士，外面为何喧嚷？快宣陈元礼进来。（丑）领旨。（宣介）（末上见介）臣陈元礼见驾。（生）众军为何呐喊？（末）臣启陛下，杨国忠专权召乱，又与吐蕃私通。激怒六军，竟将国忠杀死了。（生作惊介）呀，有这等事。（旦作背掩泪介）（生沉吟介）这也罢了，传旨起驾。（末出传旨介）圣旨道来，赦汝等擅杀之罪。作速起行。（内又喊介）国忠虽诛，贵妃尚在。不杀贵妃，誓不扈驾。（末见生介）众军道，国忠虽诛，贵妃尚在，不肯起行。望陛下割恩正法。（生作大惊介）哎呀，这话如何说起！

（旦慌牵生衣介）（生）将军，

【红芍药】国忠纵有罪当加，现如今已被劫杀。妃子在深宫自随驾，有何干六军疑讶。（末）圣谕极明，只是军心已变，如之奈何！（生）卿家，作速晓谕他，恁狂言没些高下。（内又喊介）（末）陛下呵，听军中恁地喧哗，教微臣怎生弹压！

（旦哭介）陛下呵，

【耍孩儿】事出非常堪惊诧。已痛兄遭戮，奈臣妾又受波查[2]。是前生，事已定薄命应折罚。望吾皇急切抛奴罢，只一句伤心话……

（生）妃子且自消停。（内又喊介）不杀贵妃，死不扈驾。（末）臣启陛下，贵妃虽则无罪，国忠实其亲兄，今在陛下左右，军心不安。若军心安，则陛下安矣。愿乞三思。（生沉吟介）

【会河阳】无语沉吟，意如乱麻。（旦牵生衣哭介）痛生生怎地舍官家[3]！（合）可怜，一对鸳鸯，风吹浪打，直恁的遭强霸！（内又喊介）（旦哭介）众军，逼得我心惊唬，（生作呆想，忽抱旦哭介）贵妃，好教我难禁架[4]！

（众军呐喊上，绕场、围驿下）（丑）万岁爷，外厢军士已把驿亭围了。若再迟延，恐有他变，怎么处？（生）陈元礼，你快去安抚三军，朕自有道理！（末）领旨。（下）（生、旦抱哭介）（旦）

【缕缕金】魂飞颤，泪交加。（生）堂堂天子贵，不及莫愁家[5]。（合哭介）难道把恩和义，霎时抛下！（旦跪介）臣妾受皇上深恩，杀身难报。今事势危急，望赐自尽，以定军心。陛下得安稳至蜀，妾虽死犹生也。算将来无计解军哗，残生愿甘罢，残生愿甘罢！

（哭倒生怀介）（生）妃子说那里话！你若捐生，朕虽有九重之尊，四海之富，要他则甚！宁可国破家亡，决不肯抛舍你也！

【摊破地锦花】任谨哗，我一谜妆聋哑，总是朕差。现放着一朵娇花，怎忍见风雨摧残，断送天涯。若是再禁加[6]，拚代你陨黄沙。

（旦）陛下虽则恩深，但事已至此，无路求生。若再留恋，倘玉石俱焚，益增妾罪。望陛下舍妾之身，以保宗社[7]。（丑作掩泪，跪介）娘娘既慷慨捐生，望万岁爷以社稷为重，勉强割恩罢。（内又喊介）（生顿足哭介）罢罢，妃子既执意如此，朕也做不得主了。高力士，只得但、但凭娘娘罢！（作硬咽、掩面哭下）（旦朝上拜介）万岁！（作哭倒介）（丑向内介）众军听着，万岁爷已有旨，赐杨娘娘自尽了。

（众内呼介）万岁，万岁，万万岁！（丑扶旦起介）娘娘，请到后边去。（扶旦行介）（旦哭介）

【哭相思】百年离别在须臾，一代红颜为君尽[8]！

（转作到介）（丑）这里有座佛堂在此。（旦作进介）且住，待我礼拜佛爷。（拜介）佛爷，佛爷！念杨玉环呵，

【越恁好】罪孽深重，罪孽深重，望我佛度脱咱。（丑拜介）愿娘娘好处生天。（旦起哭介）（丑跪哭介）娘娘，有甚话儿，吩咐奴婢几句。（旦）高力士，圣上春秋已高，我死之后，只有你是旧人，能体圣意，须索小心奉侍。再为我转奏圣上，今后休要念我了。（丑哭应介）奴婢晓得。（旦）高力士，我还有一言。（作除钗、出盒介）这金钗一对，钿盒一枚，是圣上定情所赐。你可将来与我殉葬，万万不可遗忘。（丑接钗盒介）奴婢晓得。（旦哭介）断肠痛杀，说不尽恨如麻。（末领军拥上）杨妃既奉旨赐死，何得停留，稽迟圣驾。（军呐喊介）（丑向前拦介）众军士不得近前，杨娘娘即刻归天了。（旦）唉，陈元礼，陈元礼，你兵威不向逆寇加，逼奴自杀。（军又喊介）（丑）不好了，军士每拥进来了。（旦看介）唉，罢、罢，这一株梨树，是我杨玉环结果之处了。（作腰间解出白练，拜介）臣妾杨玉环，叩谢圣恩。从今再不得相见了。（丑泣介）（旦作哭缢介）我那圣上啊，我一命儿便死在黄泉下，一灵儿只傍着黄旗下[9]。

（作缢死下）（末）杨妃已死，众军速退。（众应同下）（丑哭介）我那娘娘啊！（下）（生上）“六军不发无奈何，宛转蛾眉马前死。”（丑持白练上，见生介）启万岁爷，杨娘娘归天了。（生作呆不应介）（丑又启介）杨娘娘归天了。自缢的白练在此。（生看大哭介）哎哟，妃子，妃子，兀的不[10]痛杀寡人也！（倒介）（丑扶介）（生哭介）

【红绣鞋】当年貌比桃花，桃花，（丑）今朝命绝梨花，梨花。（出钗盒介）这金钗、钿盒，是娘娘吩咐殉葬的。（生看钗盒哭介）这钗和盒，是祸根芽。长生殿，恁欢洽，马嵬驿，恁收煞！

（丑）仓卒之间，怎生整备棺椁？（生）也罢，权将锦褥包裹。须要埋好记明，以待日后改葬。这钗盒就系娘娘衣上罢。（丑）领旨。（下）（生哭介）

【尾声】温香艳玉须臾化，今世今生怎见他！（末上跪介）请陛下起驾。（生顿足恨介）咳，我便不去西川也值甚么！（内呐喊、掌号，众军上）

【仙吕入双调过曲·朝元令】(丑暗上，引生上马行介)(合)长空雾黏，旌旆寒风刮。长征路淹[11]，队仗黄尘染。谁料君臣，共尝危险。恨贼寇横兴逆焰，烽火相兼，何时得将豺虎歼。遥望蜀山尖，回将凤阙瞻[12]，浮云数点，咫尺把长安遮掩，长安遮掩。

翠华西拂蜀云飞，(章褐)
天地尘昏九鼎危。(吴融)
蝉鬓[13]不随銮驾起，(高骈)
空惊鸳鸯忽相随。(钱起)

注释

[1] 拥旄仗钺：旄、钺，均为古代帝王、将帅所有，象征权威。旄，用牦牛尾做装饰的旗帜。钺，古代一种兵器，形状像大斧，多用于仪仗，也用于破杀。
[2] 波查：波折。
[3] 官家：指皇帝。
[4] 难禁架：难以对付。
[5] "堂堂天子贵"两句：爱上皇帝，还不如像莫愁那样爱上一个普通人。李商隐《马嵬》："如何四纪为天子，不及卢家有莫愁。"
[6] 若是再禁加：如果军队再闹下去。
[7] 宗社：国家。宗，宗庙。社，社稷。
[8] "百年离别在须臾"两句：乔知之《绿珠篇》："百年离别在高楼，一代红颜为君尽。"据《晋书·石崇传》记载，石崇的爱妾绿珠为他跳楼而死。
[9] 黄旗下：指天子的行踪。
[10] 兀的不：岂不，怎么不，表示惊叹。兀的，本身没意义。
[11] 淹：滞留。指在路上缓慢地走。
[12] 回将凤阙瞻：回头看宫殿。
[13] 蝉鬓：古代妇女的一种发式。因看上去像蝉翼一样薄，故称。这里指杨贵妃。

第二十六出　献　饭

【黄钟引子·西地锦】（生引丑上）懊恨蛾眉轻丧，一宵千种悲伤。早来慵把金鞭扬，午馀玉粒[1]谁尝。

寡人匆匆西幸，昨在马嵬驿中，六军不发。无计可施，只得把妃子赐死。（泪介）咳，空做一朝天子，竟成千古忍人。勉强行了一程，已到扶风地面。驻跸凤仪宫内，不免少息片时。（外扮老人持麦饭上）"炙背可以见天子，献芹由来知野人[2]。"老汉扶风野老郭从谨是也。闻知皇上西巡，暂驻凤仪宫内。老汉煮得一碗麦饭，特来进献，以表一点敬心。（见丑介）公公，烦乞转奏一声，说野人郭从谨特来进饭。（丑传介）（生）召他进来。（外进见介）草莽[3]小臣郭从谨见驾。（生）你是那里人？（外）念小臣呵，

【黄钟过曲·降黄龙】生长扶风，白首躬耕，共庆时康。听蓦然变起，凤辇游巡，无限惊惶。聊将一盂麦饭，匍匐向旗门陈上。愿吾君不嫌粗粝，野人供养。

（生）生受你了，高力士取上来。（丑接饭送生介）（生看介）寡人晏处深宫，从不曾尝着此味。

【前腔】【换头】寻常，进御大官[4]，馔玉炊金[5]，食前方丈[6]，珍馐百味，犹兀自嫌他调和无当。（泪介）不想今日，却将此物充饥。凄凉，带麸连麦，这饭儿如何入嗓？（略吃便放介）抵多少滹沱河畔，失路萧王[7]！

（外）陛下，今日之祸，可知为谁而起？（生）你道为着谁来？（外）陛下若赦臣无罪，臣当冒死直言。（生）但说不妨。（外）只为那杨国忠呵，

【前腔】【换头】猖狂，倚恃国亲，纳贿招权，毒流天壤。他与安禄山十年构衅[8]，一旦里兵戈起自渔阳。（生）国忠构衅，禄山谋反，寡人那里知道。（外）那禄山呵，包藏祸心日久，四海都知逆状。去年有人上书，告禄山逆迹，陛下反赐诛戮[9]。谁肯再甘心铁钺[10]，来奏君王。

（生作恨介）此乃朕之不明，以致于此。

【前腔】【换头】斟量，明目达聪，原是为君的理当察访。朕记得姚崇、宋璟为相的时节，把直言数进，万里民情，如在同堂。不料姚、宋亡后，满朝臣宰，一味贪位取容[11]。郭从谨呵，倒不如伊行，草野怀忠，直指出逆藩奸相。（外）若不是陛下巡幸到此，小臣那里得见天颜。（生泪介）空教我噬脐无及[12]，恨塞饥肠。

（外）陛下暂息龙体，小臣告退。（叹介）"从饶[13]白发千茎雪，难把丹心一寸灰。"（下）（副净扮使臣、二杂抬彩上）

【太平令】鸟道羊肠，春彩驮来驿路长。连山铃铎频摇响，看日近帝都旁。

自家成都道使臣，奉节度使之命，解送春彩十万匹到京。闻得驾幸扶风，不免就此进上。（向丑介）烦乞启奏一声，说成都使臣，贡春彩到此。（丑进奏介）（生）春彩照数收明，打发使臣回去。（二杂抬彩进介）（副净同二杂下）（生）高力士，可召集将士，朕有面谕。（丑）万岁爷宣召龙武军将士听旨。（众扮将士上）"晓起听金鼓，宵眠抱玉鞍。"龙武军将士叩见万岁爷。（生）将士每，听朕道来，

【前腔】变出非常，远避兵戈涉异方。劳伊仓卒随行仗，今日呵，别有个好商量。

（众）不知万岁爷有何谕旨？（生）

【黄龙衮】征人忆故乡，征人忆故乡，蜀道如天上。不忍累伊每，把妻儿父母轻撇漾[14]。朕待独与子孙中官，慢慢的挨到蜀中。尔等今日，便可各自还家。省得跋涉程途，饥寒劳攘。高力士，可将使臣进来春彩，分给将士，以为盘费。没军资，分彩币，聊充饷。

（丑应分彩介）（众哭介）万岁爷圣谕及此，臣等寸心如割。自古养军千日，用在一朝。臣等呵，

【前腔】无能灭虎狼，无能灭虎狼，空愧熊罴将。生死愿从行，军声齐恃天威壮。这春彩，臣等断不敢受。请留待他时论功行赏，若有违心，皇天鉴，决不爽。

（生）尔等忠义虽深，朕心实有不忍，还是回去罢。（众）呀，万岁爷，莫不因贵妃娘娘之死，有些疑惑么？（生）非也，

【尾声】他[15]长安父老多悬望，你每回去呵，烦说与翠华无恙。（众）

万岁爷休出此言，臣等情愿随驾，誓无二心。（合）只待净扫妖氛，一同返帝乡。

（生）天色已晚，今夜就此权驻。明日早行便了。（众）领旨。

万里飞沙咽鼓鼙，（钱起）

（丑）沉沉落日向山低。（骆宾王）

（生）如今悔恨将何益，（韦庄）

（丑）更忍车轮独向西？（周昙）

注释

[1] 玉粒：指饭。

[2]“炙背”两句：相传有人觉得太阳晒在背上很舒服，就去告诉皇帝，让他也可以享受一下；老百姓吃了很普通的芹菜，以为很好，就去献给别人。比喻礼轻情意重。野人，老百姓。

[3] 草莽：旧时指民间。与“朝廷”相对。

[4] 大官：主管皇帝膳食的官员。

[5] 馔玉炊金：形容食品珍贵、奢华。

[6] 方丈：一丈见方的地方。形容一道道菜摆得很多。

[7]“抵多少滹沱河畔”两句：更始二年，东汉光武帝刘秀的部队在滹沱河边遇到困难，饥寒交迫。部将冯异送豆粥给他吃。从此，刘秀被刘玄封为萧王。抵多少，好比是。

[8] 十年构衅：事实上，安禄山与杨国忠的矛盾始于天宝十一年，到安史之乱爆发，前后不过四年。

[9]“去年有人”三句，陛下反赐诛戮：《资治通鉴》：“自是有言禄山反者，上皆缚送。由是人皆知其将反，无敢言者。”

[10] 甘心𫓧钺：甘心冒死刑。𫓧钺，古代斩人的刑具。

[11] 取容：讨好人。

[12] 噬脐无及：自己的肚脐是咬不到的。比喻做错事情，已无法挽回，后悔无用。

[13] 从饶：纵然让。

[14] 撇漾：丢开，抛弃。

[15] 他：他们，指长安父老。

第二十七出　冥　追

【南商调过曲·山坡五更】【山坡羊】（魂旦白练系颈上，服色照前《埋玉》折）恶噷噷一场喽啰[1]，乱匆匆一生结果。荡悠悠一缕断魂，痛察察一条白练香喉锁。【五更转】风光尽，信誓捐，形骸涴。只有痴情一点、一点无摧挫，拚向黄泉，牢牢担荷。

我杨玉环随驾西行，刚到马嵬驿内，不料六军变乱，立逼投缳[2]。（泣介）唉，不知圣驾此时到那里了！我一灵渺渺，飞出驿中，不免望着尘头，追随前去。（行介）

【北双调·新水令】望銮舆才离了马嵬坡，咫尺间不能飞过。俺悄魂轻似叶，他征骑疾如梭。刚打个磨陀[3]，翠旗尘又早被树烟锁。（虚下）

【南仙吕入双调·步步娇】（生引丑、二内侍、四军拥行上）没揣倾城遭凶祸，去住浑无那。行行唤奈何，马上回头，两泪交堕。（丑）启万岁爷，前面就是驻跸之处了。（生叹介）唉，我已厌一身多，伤心更说甚今宵卧。（齐下）

【北折桂令】（旦行上）一停停[4]古道逶迤，俺只索虚趁云行，弱倩风驮。（向内望科）呀，好了。望见大驾，就在前面了也。这不是羽盖飘扬，鸾旌荡漾，翠辇嵯峨！不免疾忙赶上者。（急行科）愿一灵早依御座，便牢牵衮袖黄罗[5]。（内鸣锣作风起科）（旦作惊退科）呀，我望着銮舆，正待赶上。忽然黑风过处，遮断去路，影都不见了。好苦呵，暗蒙蒙烟障林阿，杳沉沉雾塞山河，闪摇摇不住徘徊，悄冥冥怎样腾挪[6]？

（贴在内叫苦介）（旦）你看那边愁云苦雾之中，有个鬼魂来了，且闪过一边。（虚下）（贴扮虢国夫人魂上）

【南江儿水】艳冶风前谢，繁华梦里过。风流谁识当初我？玉碎香残荒郊卧，云抛雨断重泉堕。（二鬼卒上）哇，那里去？（贴）奴家虢国夫人。（鬼卒笑介）原来就是你。你生前也忒受用了，如今且随我到枉死城[7]中去。（贴哭介）哎哟，好苦呵，怨恨如山堆垛。只问你多大幽城[8]，怕着不下这愁魂一个！

（杂拉贴叫苦下）（旦急上看科）呀，方才这个是我裴家姐姐，也被乱兵所害了。兀的不痛杀人也！

【北雁儿落带得胜令】想当日天边夺笑歌，今日里地下同零落。痛杀俺冤由一命招，更不想惨累全家祸。呀，空落得提起着泪滂沱，何处把恨消磨！怪不得四下愁云裹，都是俺千声怨声呵。（望科）那边又是一个鬼魂，满身鲜血，飞奔前来。好怕人也！悲么，泣孤魂独自无回和。惊么，只落得伴冥途野鬼多。（虚下）

【南侥侥令】（副净扮杨国忠鬼魂跑上）生前遭劫杀，死后见阎罗。（牛头执钢叉，夜叉执铁锤、索上，拦介）（副净跑下）（牛头、夜叉复赶上）杨国忠那里走？（副净）呀，我是当朝宰相，方才被乱兵所害。你每做甚又来拦我？（牛头）奸贼，俺奉阎王之命，特来拿你。还不快走。（副净）那里去？（牛头、夜叉）向小小酆都[9]城一座，教你去剑树与刀山寻快活。

（牛头拉副净，执叉叉背，夜叉锁副净下）（旦急上看科）啊呀，那不是我的哥哥。好可怜人也！（作悲科）

【北收江南】呀，早则是五更短梦，瞥眼醒南柯[10]。把荣华抛却，只留得罪殃多。唉，想我哥哥如此，奴家岂能无罪？怕形消骨化，忏不了旧情魔。且住，一望茫茫，前行无路，不如仍旧到马嵬驿中去罢。（转行科）待重转驿坡，心又早怯懦。听了这归林暮雀犹错认乱军呵。

（虚下）（副净扮土地上）"地下常添枉死鬼，人间难觅返魂香[11]。"小神马嵬坡土地是也。奉东岳帝君之命，道贵妃杨玉环原系蓬莱仙子，今死在吾神界内。特命将他肉身保护，魂魄安顿，以候玉旨。不免寻他去来。（行介）

【南园林好】只他在翠红乡欢娱事过，粉香丛冤孽债多[12]，一霎做电光石火[13]。将肉质护泉窝，教魂魄守坟窠。（虚下）

【北沽美酒带太平令】（旦行上）度寒烟蔓草坡，行一步一延俄。（看介）呀，这树上写的有字，待我看来。（作念科）贵妃杨娘娘葬此。（作悲科）原来把我就埋在此处了。唉，玉环，玉环！（泣科）只这冷土荒堆树半棵，便是娉婷袅娜，落来的好巢窝。我临死之时，曾吩咐高力士，将金钗、钿盒与我殉葬，不知曾埋下否？怕旧物向尘埃抛堕，则俺这真情肯为生死差讹？就是果然埋下呵，还只怕这残尸败蜕，抱不牢同心并朵。

不免叫唤一声，（叫科）杨玉环，你的魂灵在此。我啊，悄临风叫他、唤他。（泣科）可知道伊原是我，呀，直恁地推眠妆卧！

（副净上唤科）兀那啼哭的，可是贵妃杨玉环鬼魂么？（旦）奴家正是。是何尊神？乞恕冒犯。（副净）吾神乃马嵬坡土地。（旦）望尊神与奴做主咱。（副净）贵妃听吾道来：你本是蓬莱仙子，因微过谪落凡尘。今虽是浮生限满，旧仙山隔断红云。（代旦解白练科）吾神奉岳帝敕旨，解冤结免汝沉沦。（旦福科）多谢尊神，只不知奴与皇上，还有相见之日么？（副净）此事非吾神所晓。（旦作悲科）（副净）贵妃，且在马嵬驿暂住幽魂，吾神去也。（下）（旦）苦呵，不免到驿中佛堂里，暂且栖托则个。（行科）

【南尾声】重来绝命庭中过，看树底泪痕犹涴。怎能够飞去蓬山寻旧果！

土埋冤骨草离离，（储嗣宗）
回首人间总祸机。（薛能）
云雨马嵬分散后，（韦绚）
何年何路得同归？（韦庄）

注释

[1] 恶噷噷一场喽啰：恶噷噷，恶狠狠。喽啰，嘈杂，这里指将士哗变。
[2] 投缳：自缢，自杀。
[3] 打个磨陀：兜个圈子，打个转儿。
[4] 一停停：即一亭亭，一站站。
[5] 衮袖黄罗：衮袖，龙袍上的袖口。黄罗，指龙袍。
[6] 腾挪：走动。
[7] 枉死城：阴间冤死鬼所住的地方。
[8] 幽城：阴间。与阳世相对。
[9] 酆都：并非指四川省酆都县。相传阎罗王住在这里。
[10] 瞥眼醒南柯：眨眼就梦醒了。比喻人生短暂，就像一场梦。
[11] 返魂香：相传是用返魂树的根煎成的一种香料，可以使人死而复生。
[12] “只他在翠红乡欢娱事过”两句：翠红乡、粉香丛，指享乐的生活。佛家认为物质生活是“冤孽债”。
[13] 电光石火：佛家用来比喻人生短暂。

第二十八出 骂 贼[1]

（外扮雷海青抱琵琶上）“武将文官总旧僚，恨他反面事新朝。纲常留在梨园内，那惜伶工命一条。”自家雷海青是也。蒙天宝皇帝隆恩，在梨园部内做一个供奉。不料禄山作乱，破了长安，皇帝驾幸西川去了。那满朝文武，平日里高官厚禄，荫子封妻。享荣华，受富贵。那一件不是朝廷恩典！如今却一个个贪生怕死，背义忘恩，争去投降不迭。只图安乐一时，那顾骂名千古。唉，岂不可羞，岂不可恨！我雷海青虽是一个乐工，那些没廉耻的勾当，委实做不出来。今日禄山与这一班逆党，大宴凝碧池头，传集梨园奏乐。俺不免乘此，到那厮跟前，痛骂一场，出了这口愤气。便粉骨碎身，也说不得了。且抱着琵琶，去走一遭也呵！

【北仙吕·村里迓鼓】虽则俺乐工卑滥，硁硁[2]愚暗，也不曾读书献策，登科及第，向鹓班[3]高站。只这血性中，胸脯内，倒有些忠肝义胆。今日个睹了丧亡，遭了危难，值了变惨，不由人痛切齿，声吞恨衔。

【元和令】恨子恨泼腥膻[4]莽将龙座渰，癞虾蟆妄想天鹅啖，生克擦[5]直逼的个官家下殿走天南。你道恁胡行堪不堪？纵将他寝皮食肉也恨难劖。谁想那一班儿没掂三[6]，歹心肠，贼狗男。

【上马娇】平日价张着口将忠孝谈，到临危翻着脸把富贵贪。早一齐儿摇尾受新衔，把一个君亲仇敌当作恩人感。咱，只问你蒙面可羞惭？

【胜葫芦】眼见的去做忠臣没个敢。雷海青呵，若不把一肩担，可不枉了戴发含牙人是俺。但得纲常无缺，须眉[7]无愧，便九死也心甘。（下）

【南中吕引子·绕红楼】（净引二军士上）抢占山河号大燕，袍染赭，冠戴冲天。凝碧清秋，梨园小部，歌舞列琼筵。

孤家安禄山。自从范阳起兵，所向无敌，长驱西入，直抵长安。唐家皇帝，逃入蜀中去了，锦绣江山归吾掌握。（笑介）好不快活。今日聚集百官，在凝碧池上做个太平筵宴，洒乐一回。内侍每，众官可曾齐到？（杂）都在外殿伺候。（净）宣过来。（军）领旨。（宣介）主上宣百官进见。（四伪官上）“今日新天子，当时旧宰臣。同为识时者，不是负恩人。”（见介）臣等朝见。愿主上万岁，万万岁！（净）众卿平身。孤家今日政务稍闲，特设宴在凝碧池上，与卿等共乐太平。（四伪官）万岁。（军）筵宴完备，请主上升宴。（内奏乐，四伪官跪送酒介）（净）

【中吕过曲·尾犯序】龙戏碧池边，正五色云开，秋气澄鲜。紫殿逍遥，暂停吾玉鞭。开宴，走绯衣，鸾刀细割，揎锦袖，犀盘满献。（四伪官献酒再拜介）瑶池下，熊罴鹓鹭[8]，拜送酒如泉。

（净）内侍每，传旨唤梨园子弟奏乐。（军）领旨。（向内介）主上有旨，着梨园子弟奏乐。（内应，奏乐介）（军送净酒介）（合）

【前腔】【换头】当筵，众乐奏钧天[9]。旧日《霓裳》，重按歌遍。半入云中，半吹落风前。稀见，除却了清虚洞府，只有那沉香亭院。今日个仙音法曲，不数大唐年。

（净）奏得好。（四伪官）臣想天宝皇帝，不知费了多少心力，教成此曲。今日却留与主上受用，真乃齐天之福也。（净笑介）众卿言之有理，再上酒来。（军送酒介）（外在内泣唱介）

【前腔】【换头】幽州鼙鼓喧，万户蓬蒿，四野烽烟。叶堕空宫，忽惊闻歌弦奇变。真个是天翻地覆，真个是人愁鬼怨。（大哭介）我那天宝皇帝呵，金銮上百官拜舞，何日再朝天[10]？

（净）呀，甚么人啼哭？好奇怪！（军）是乐工雷海青。（净）拿上来。（军拉外上，见介）（净）雷海青，孤家在此饮太平筵宴，你敢擅自啼哭，好生可恶！（外骂介）唉，安禄山，你本是失机边将，罪应斩首。幸蒙圣恩不杀，拜将封王。你不思报效朝廷，反敢称兵作乱，秽污神京，逼迁圣驾。这罪恶贯盈[11]，指日天兵到来诛戮，还说甚么太平筵宴！（净大怒介）唉，有这等事。孤家入登大位，臣下无不顺从。量你这一个乐工，怎敢如此无礼！军士看刀伺候。（二军作应，拔刀介）（外一面指净骂介）

【扑灯蛾】怪伊忒负恩，兽心假人面，怒发上冲冠。我虽是伶工微贱也，不似他朝臣腼腆[12]。安禄山，你窃神器[13]上逆皇天，少不得顷刻间尸横血溅。（将琵琶掷净介）我掷琵琶，将贼臣碎首报开元。

（军夺琵琶介）（净）快把这厮拿去砍了。（军应，拿外砍下）（净）好恼，

好恼！（四伪官）主上息怒。无知乐工，何足介意。（净）孤家心上不快，众卿且退。（四伪官）领旨。臣等恭送主上回宫。（跪送介）（净）酒逢知己千钟少，话不投机半句多。（怒下）（四伪官起介）杀得好，杀得好。一个乐工，思量做起忠臣来。难道我每吃太平宴的，倒差了不成！

【尾声】大家都是花花面，一个忠臣值甚钱。（笑介）雷海青，雷海青，毕竟你未戴乌纱识见浅！

三秦流血已成川，（罗隐）
为虏为王事偶然。（李山甫）
世上何人怜苦节，（陆希声）
直须行乐不言旋。（薛稷）

注释

[1] 骂贼：《明皇实录》："天宝末，群贼陷两京。大掠文武朝臣及黄门宫嫔，乐工骑士。每获数百人，以兵仗严卫，送于洛阳。至有逃于山谷者，而卒能罗捕追胁，授以冠带。禄山尤致意乐工，求访颇切，于旬日获梨园子弟数百人……有乐工雷海青者，投乐器于地，西向恸哭。逆党乃缚海青于戏马殿，肢解以示众。闻之者莫不伤痛……"

[2] 硁硁：固执，顽固不化。《论语·子路》："言必信，行必果。硁硁然，小人哉！"

[3] 鹓班：上朝时官员的行列。鹓，鹓雏。传说与凤凰同类的鸟。

[4] 腥膻：指入侵的外敌（含憎恶、蔑视意）。这里指安禄山。

[5] 生克擦：活生生。

[6] 没掂三：没头脑的。

[7] 须眉：胡须和眉毛。男子的代称。

[8] 熊罴鹓鹭：熊罴，指武将。鹓鹭，指文官。

[9] 钧天：天上的音乐。这里指梨园子弟所奏的音乐。

[10] 朝天：朝见皇帝。天，皇帝，指唐玄宗。

[11] 贯盈：用绳子把钱穿满了。形容罪大恶极。

[12] 腼腆：羞耻，害臊。这里形容不知羞耻的朝臣。

[13] 窃神器：抢夺帝位。

第二十九出　闻　铃

（丑内叫介）军士每趱行，前面伺候。（内鸣锣，应介）（丑）万岁爷，请上马。（生骑马，丑随行上）

【双调近词·武陵花】万里巡行，多少悲凉途路情。看云山重叠处，似我乱愁交并。无边落木响秋声，长空孤雁添悲哽。寡人自离马嵬，饱尝辛苦。前日遣使臣赍奉玺册[1]，传位太子去了[2]。行了一月，将近蜀中。且喜贼兵渐远，可以缓程而进。只是对此鸟啼花落，水绿山青，无非助朕悲怀。如何是好！（丑）万岁爷，途路风霜，十分劳顿。请自排遣，勿致过伤。（生）唉，高力士，朕与妃子，坐则并几，行则随肩。今日仓卒西巡，断送他这般结果，教寡人如何撇得下也！（泪介）提起伤心事，泪如倾。回望马嵬坡下，不觉恨填膺。（丑）前面就是栈道了，请万岁爷挽定丝缰，缓缓前进。（生）袅袅旗旌，背残日，风摇影。匹马崎岖怎暂停，怎暂停！只见阴云黯淡天昏暝，哀猿断肠[3]，子规[4]叫血，好教人怕听。兀的不惨杀人也么哥，兀的不苦杀人也么哥！萧条恁生，峨眉山下少人经，冷雨斜风扑面迎。

（丑）雨来了，请万岁爷暂登剑阁避雨。（生作下马，登阁坐介）（丑作向内介）军士每，且暂驻扎，雨住再行。（内应介）（生）"独自登临意转伤，蜀山蜀水恨茫茫。不知何处风吹雨，点点声声迸断肠。"（内作铃响介）（生）你听那壁厢，不住的声响，聒的人好不耐烦。高力士，看是甚么东西。（丑）是树林中雨声，和着檐前铃铎，随风而响。（生）呀，这铃声好不作美也！

【前腔】淅淅零零，一片凄然心暗惊。遥听隔山隔树，战合风雨，高响低鸣。一点一滴又一声，一点一滴又一声，和愁人血泪交相迸。对这伤情处，转自忆荒茔[5]。白杨萧瑟雨纵横，此际孤魂凄冷。鬼火[6]光寒，草间湿乱萤。只悔仓皇负了卿，负了卿！我独在人间，委实的不愿生。语娉婷[7]，相将早晚伴幽冥。一恸空山寂，铃声相应，阁道崚嶒[8]，似我回肠恨怎平！

（丑）万岁爷且免愁烦。雨止了，请下阁去罢。（生作下阁、上马介，丑向内介）军士每，前面起驾。（众内应介）（丑随生行介）（生）

【尾声】迢迢前路愁难罄，招魂去国两关情。（合）望不尽雨后尖山万点青。

（生）剑阁连山千里色，（骆宾王）
离人到此倍堪伤。（罗邺）
空劳翠辇冲泥雨，（秦韬玉）
一曲淋铃泪数行。（杜牧）

注释

[1] 赍奉玺册：传送诏书。赍，将物送给人。玺册，玺书，古代用印章封记的文书，秦以后专指皇帝的诏书。玺，印。秦以后专指皇帝的印。

[2] 传位太子去了：天宝十五年八月，唐玄宗派韦见素、房琯等送传国宝、玺册到灵武，传位给太子李亨。

[3] 哀猿断肠：形容极度悲伤。

[4] 子规：杜鹃鸟。相传是蜀王杜宇死后的化身。

[5] 茔：墓地。

[6] 鬼火：磷火的俗称。

[7] 娉婷：形容女子姿态美。这里指杨贵妃。

[8] 峻嶒：山高大的样子。

第三十出　情　悔

【仙吕入双调·普贤歌】(副净上)马嵬坡下太荒凉，土地公公也气不扬。祠庙倒了墙，没人烧炷香，福礼三牲[1]谁祭享！

小神马嵬坡土地是也，向来香火颇盛。只因安禄山造反，本境人民尽皆逃散。弄得庙宇荒凉，香烟断绝。目今野鬼甚多，恐怕出来生事，且往四下里巡看一回。正是“只因神倒运，常恐鬼胡行”。(虚下)(魂旦上)

【双调引子·捣练子】冤叠叠，恨层层，长眠泉下几时醒？魂断苍烟寒月里，随风窣窣度空庭。

“一曲《霓裳》逐晓风，天香国色总成空。可怜只有心难死，脉脉常留恨不穷。”奴家杨玉环鬼魂是也。自从马嵬被难[2]，荷蒙岳帝传敕[3]，得以栖魂驿舍，免堕冥司[4]。(悲介)我想生前与皇上在西宫行乐，何等荣宠！今一旦红颜断送，白骨冤沉，冷驿荒垣，孤魂淹滞。你看月淡星寒，又早黄昏时分，好不凄惨也！

【过曲·三仙桥】古驿无人夜静，趁微云，移月暝，潜潜趖趖[5]，暂时偷现影。魆地间心耿耿，猛想起我旧丰标，教我一想一泪零。想、想当日那态娉婷，想、想当日那妆艳靓，端得是[6]赛丹青描成、画成。那晓得不留停，早则饥寒肉冷。(悲介)苦变作了鬼胡由[7]，谁认得是杨玉环的行径[8]！

(泪介)(袖出钗盒介)这金钗、钿盒，乃皇上定情之物，已从墓中取得。不免向月下把玩一回。(副净潜上，指介)这是杨贵妃鬼魂，且听他说些甚么。(背立听介)(旦看钗盒介)

【前腔】看了这金钗儿双头比并，更钿盒同心相映。只指望两情坚如金似钿，又怎知翻做断绠。若早知为断绠，枉自去将他留下了这伤心把柄。记得盒底夜香清，钗边晓镜明，有多少欢承爱领。(悲介)但提起那恩情，怎教我重泉目瞑！(哭介)苦只为钗和盒，那夕的绸缪，翻

成做杨玉环这些时的悲哽。

（副净背听，作点头介）（旦）咳，我杨玉环，生遭惨毒，死抱沉冤。或者能悔前愆，得有超拔之日，也未可知。且住，（悲介）只想我在生所为，那一桩不是罪案。况且弟兄姐妹，挟势弄权，罪恶滔天，总皆由我，如何忏悔得尽！不免趁此星月之下，对天哀祷一番。（对天拜介）

【前腔】对星月发心至诚，拜天地低头细省。皇天，皇天！念杨玉环呵，重重罪孽，折罚来遭祸横。今夜呵，忏愆尤[9]，陈罪眚[10]，望天天高鉴，宥[11]我垂证明。只有一点那痴情，爱河沉未醒。说到此悔不来惟天表证。纵冷骨不重生，拚向九泉待等。那土地说，我原是蓬莱仙子，谴谪人间。天呵，只是奴家恁般业重，敢仍望做蓬莱座的仙班，只愿还杨玉环旧日的匹聘[12]。

（副净）贵妃，吾神在此。（旦）原来是土地尊神。（副净）

【越调过曲·忆多娇】我趁月明，独夜行。见你拜祷深深，仔细听，这一悔能教万孽清。管感动天庭，感动天庭，有日重圆旧盟。

（旦）多蒙尊神鉴悯。只怕奴家呵，

【前腔】业障萦，夙慧[13]轻。今夕徒然愧悔生，泉路茫茫隔上清[14]。（悲介）说起伤情，说起伤情，只落得千秋恨成。

（副净）贵妃不必悲伤，我今给发路引[15]一纸。千里之内，任你魂游便了。（作付路引介）听我道来：

【斗黑麻】你本是蓬莱籍中有名，为堕落皇宫，痴魔顿增。欢娱过，痛苦经，虽谢尘缘，难返仙庭。喜今宵梦醒，教你逍遥择路行。莫恋迷途，莫恋迷途，早归旧程。

【前腔】（旦接路引谢介）深谢尊神，与奴指明。怨鬼愁魂，敢望仙灵！（背介）今后呵，随风去，信路行。荡荡悠悠，日隐宵征。依月傍星，重寻钗盒盟。还怕相逢，还怕相逢，两心痛增。

（副净）吾神去也。

（旦）晓风残月正潸然，（韩琮）
（副净）对影闻声已可怜。（李商隐）
（旦）昔日繁华今日恨，（司空图）
（副净）只应寻访是因缘。（方干）

注释

[1] 福礼三牲：福礼，祭神的礼品。三牲，指用来祭神的牛、羊、猪。
[2] 被难：遭难。
[3] 荷蒙岳帝传敕：荷蒙，承蒙。岳帝，东岳大帝。
[4] 冥司：即阴间。迷信传说中人死后进入的世界。
[5] 趖趖：走走。
[6] 端得是：的确是，正是。
[7] 鬼胡由：鬼胡行。指魂魄到处飘荡。
[8] 行径：指模样。
[9] 愆尤：罪过。《颜氏家训·省事》："或被发奸私，面相酬证，事途回穴，翻俱愆尤。"
[10] 眚：过错，罪过。
[11] 宥：饶恕，原谅。
[12] 匹聘：配偶。
[13] 夙慧：佛家语。指前世的善业。
[14] 上清：上天。道家所说的三清（玉清、上清、太清）之一。
[15] 路引：通行证的一种凭单。

第三十一出　剿　寇

【中吕引子·菊花新】（外戎装，领四军上）谬承新命陟崇阶[1]，挂印催登上将台。惭愧出群才，敢自许安危全赖。

“建牙[2]吹角不闻喧，三十登坛众所尊。家散万金酬士死，身留一剑答君恩。”下官郭子仪，叨蒙圣恩，特拜朔方节度使，领兵讨贼。现今上皇[3]巡幸西川，今上[4]即位灵武。当此国家多事之秋，正我臣子建功之日。誓当扫清群寇，收复两京，再造唐家社稷，重睹汉官威仪，方不负平生志愿也。众将官，今乃黄道吉日，就此起兵前去。（众应，呐喊、发号启行介）（合）

【中吕过曲·驮环着】拥鸾旗羽盖，蹴起尘埃。马挂征鞍，将披重铠，画戟雕弓耀彩。军令分明，争看取奋鹰扬[5]堂堂元帅。端的是孙吴[6]无赛，管净扫妖氛毒害。机谋运，阵势排。一战收京，万方宁泰。（齐下）

【前腔】（丑末扮番将、引军卒行上）倚兵强将勇，倚兵强将勇，一鼓前来。阵似推山，势如倒海。不断征云叆叆[7]，鬼哭神号，到处里染腥风，杀人如芥。自家大燕皇帝麾下大将史思明、何千年是也。唐家立了新皇帝，遣郭子仪杀奔前来。奉令着我二人迎敌。（末）闻得郭子仪兵势颇盛，我等二人分作两队。待一人与他交战，一人横冲出来，必获大胜。（丑）言之有理。大小三军，就此分队杀上前去。（四杂应，作分行介）向两下分兵迎待，先一合拖刀佯败。磨旗惨，战鼓哀。奋勇先登，振威夺帅。

（末领众先下）（外领军上，与丑对战一合介）（丑）来将何名？（外）吾乃大唐朔方节度使郭。天兵到此，还不下马受缚，更待何时？（丑）不必多讲，放马过来。（战介，丑败介，走下）（末领卒上，截外战介）（外）来的贼将，快早投降。（末）郭子仪，你可赢得我么？（外）休得饶舌。（战介，丑复上混战介）（丑、末大败逃下）（外）且喜贼将大败而逃，此去长安不远，连夜杀奔前去便了。（众）得令。（行介）（合）

【添字红绣鞋】三军笑口齐开，齐开，旌旗满路争排，争排。拥大将，气雄哉。合图画上云台[8]。把军书忙裁，忙裁，捷奏报金阶，捷奏报金阶。

【尾声】两都早慰云霓待，九庙重瞻日月开，复立皇唐亿万载。

悲风杀气满山河，（白居易）
师克由来在协和。（胡曾）
行望凤京旋凯捷，（贺朝）
千山明月静干戈。（杜荀鹤）

注释

[1] 谬承新命陟崇阶：新命，新的任命。崇阶，指官阶很高。

[2] 建牙：指被任命为节度使。牙，牙旗，指军前的大旗。

[3] 上皇：指唐玄宗。唐肃宗即位后，唐玄宗为太上皇。

[4] 今上：指唐肃宗。

[5] 鹰扬：像鹰一样飞扬。形容将军威武。

[6] 孙吴：孙，指春秋末著名军事家孙武，曾率领吴国军队大破楚国。吴，战国时的吴起，著名军事家。

[7] 叆叆：浓云密布的样子。《集韵·海韵》：“叆，云盛貌。”

[8] 合图画上云台：东汉明帝时，南宫云台上画了二十八位将领的图像。

第三十二出　哭　像

（生上）“蜀江水碧蜀山青，赢得朝朝暮暮情。但恨佳人难再得，岂知倾国与倾城。”寡人自幸成都，传位太子，改称上皇。喜的郭子仪兵威大振，指日荡平。只念妃子为国捐躯，无可表白，特敕成都府建庙一座。又选高手匠人，将旃檀香[1]雕成妃子生像。命高力士迎进宫来，待寡人亲自送入庙中供养。敢待到也。（叹科）咳，想起我妃子呵，

【北正宫·端正好】是寡人昧了他誓盟深，负了他恩情广，生拆开比翼鸾凰。说甚么生生世世无抛漾，早不道半路里遭魔障[2]。

【滚绣球】恨寇逼的慌，促驾起的忙。点三千羽林兵将，出延秋[3]便沸沸扬扬。甫伤心第一程到马嵬驿舍傍。猛地里爆雷般齐呐起一声的喊响，早子见[4]铁桶似密围住四下里刀枪。恶嗽嗽单施逞着他领军元帅威能大，眼睁睁只逼拶[5]的俺失势官家气不长，落可便手脚慌张。

恨只恨陈元礼呵，

【叨叨令】不催他车儿马儿，一谜家延延挨挨的望；硬执着言儿语儿，一会里喧喧腾腾的谤；更排些戈儿戟儿，一哄中重重叠叠的上；生逼个身儿命儿，一霎时惊惊惶惶的丧。（哭科）兀的不痛杀人也么哥，兀的不痛杀人也么哥！闪的我形儿影儿，这一个孤孤凄凄的样。

寡人如今好不悔恨也！

【脱布衫】羞杀咱掩面悲伤，救不得月貌花庞。是寡人全无主张，不合呵将他轻放。

【小梁州】我当时若肯将身去抵搪，未必他直犯君王；纵然犯了又何妨，泉台[6]上，倒博得永成双。

【么篇】如今独自虽无恙，问馀生有甚风光！只落得泪万行，愁千状！（哭科）我那妃子呵，人间天上，此恨怎能偿！

（丑同二宫女、二内监捧香炉、花幡，引杂抬杨妃像，鼓乐行上）（丑见生科）启万岁爷，杨娘娘宝像迎到了。（生）快迎进来波。（丑）领旨。（出科）奉旨：宣杨娘娘像进。（宫女）领旨。（作抬像进、对生，宫女跪，扶像略俯科）杨娘娘见驾。（丑）平身。（官女起科）（生起立对像哭科）我那妃子呵，

【中吕·上小楼】别离一向，忽看娇样。待与你叙我冤情，说我惊魂，话我愁肠……（近前叫科）妃子，妃子，怎不见你回笑庞，答应响，移身前傍。（细看像，大哭科）呀，原来是刻香檀做成的神像！

（丑）銮舆已备，请万岁爷上马，送娘娘入庙。（杂扮校尉，瓜、旗、伞、扇，銮驾队子上）（生）高力士传旨，马儿在左，车儿在右，朕与娘娘并行者。（丑）领旨。（生上马，校尉抬像，排队引行科）（生）

【么篇】谷碌碌凤车呵紧贴着行，袅亭亭龙鞭呵相对着扬。依旧的辇儿厮并，肩儿齐亚，影儿成双。情暗伤，心自想。想当时联镳游赏，怎到头来刚做了恁般随倡！

（到科）（丑）到庙中了，请万岁爷下马。（生下马科）内侍每，送娘娘进庙去者。（銮驾队子下）（内侍抬像，同宫女、丑随生进，生作入庙看科）

【满庭芳】我向这庙里抬头觑望，问何如西宫南苑，金屋辉光？那里有鸳帏、绣幕、芙蓉帐，空则见颤巍巍神幔高张，泥塑的宫娥两两，帛装的阿监双双。剪簇簇幡旌扬，招不得香魂[7]再转，却与我摇曳吊心肠。

（坐前坐科）（丑）吉时已届，候旨请娘娘升座。（生）官人每，服侍娘娘升座者。（宫女应科）领旨。（内细乐，宫女扶像对生，如前略俯科）杨娘娘谢恩。（丑）平身。（生起立，内鼓乐，众扶像上座科）（生）

【快活三】俺只见宫娥每簇拥将，把团扇护新妆。犹错认定情初，夜入兰房。（悲科）可怎生冷清清独坐在这彩画生绡帐！

（丑）启万岁爷，杨娘娘升座毕。（生）看香过来。（丑跪奉香，生拈香科）

【朝天子】爇[8]腾腾宝香，映荧荧烛光，猛逗着往事来心上。记当日长生殿里御炉傍，对牛女把深盟讲。又谁知信誓荒唐，存殁参商[9]！空忆前盟不暂忘。今日呵，我在这厢，你在那厢，把着这断头香在手添凄怆。

高力士看酒过来，朕与娘娘亲奠一杯者。（丑奉酒科）初赐爵[10]。（生捧酒哭科）

【四边静】把杯来擎掌，怎能够檀口还从我手内尝。按不住凄惶，叫

一声妃子也亲陈上。泪珠儿溶溶满觞，怕添不下半滴葡萄酿。

（丑接杯献座科）（生）我那妃子呵，

【般涉调·耍孩儿】一杯望汝遥来享，痛煞煞古驿身亡。乱军中抔土便埋藏，并不曾瀽[11]半碗凉浆。今日呵，恨不诛他肆逆三军众，祭汝含酸一国殇[12]。对着这云帷像，空落得仪容如在，越痛你魂魄飞扬。

（丑又奉酒科）亚赐爵。（生捧酒哭科）

【五煞】碧盈盈酒再陈，黑漫漫恨未央，天昏地暗人痴望。今朝庙宇留西蜀，何日山陵改北邙[13]！（丑又接杯献座科）（生哭科）寡人呵，与你同穴葬，做一株冢边连理，化一对墓顶鸳鸯。

（丑又奉酒科）终赐爵。（生捧酒科）

【四煞】奠灵筵礼已终，诉衷情话正长。你娇波不动，可见我愁模样？只为我金钗钿盒情辜负，致使你白练黄泉恨渺茫。（丑接杯献科）（生哭科）向此际捶胸想，好一似刀裁了肺腑，火烙了肝肠。

（丑、宫女、内侍俱哭科）（生看像惊科）呀，高力士，你看娘娘的脸上，兀的不流出泪来了。（丑同宫女看科）呀，神像之上，果然满面泪痕，奇怪，奇怪！（生哭科）哎呀，我那妃子呵，

【三煞】只见他垂垂[14]的湿满颐，汪汪的含在眶，纷纷的点滴神台上。分明是牵衣请死愁容貌，回顾吞声惨面庞。这伤心真无两，休说是泥人堕泪，便教那铁汉也肠荒[15]！

（丑）万岁爷请免悲伤，待奴婢每叩见娘娘。（同宫女、内侍哭拜科）（生）

【二煞】只见老常侍[16]双膝跪，旧宫娥伏地伤。叫不出娘娘千岁，一个个含悲向。（哭科）妃子呵，只为你当日在昭阳殿里施恩遍，今日个锦水[17]祠中遗爱长。悲风荡，肠断杀数声杜宇，半壁斜阳。

（丑）请万岁爷与娘娘焚帛。（生）再看酒来。（丑奉酒焚帛，生酹酒[18]科）

【一煞】叠金银山百座，化幽冥帛万张。纸铜钱怎买得天仙降？空着我衣沾残泪，鹃留怨，不能勾魂逐飞灰蝶化奴，蓦地里增悲怆。甚时见鸾骖碧汉[19]，鹤返辽阳[20]？

（丑）天色已晚，请万岁爷回宫。（生）宫娥，可将娘娘神帐放下者。（宫娥）领旨。（作下神幔，内暗抬像下科）（生）起驾。（丑应科）（生作上马，銮驾队子复上，引行科）（生）

【煞尾】出新祠泪未收，转行宫痛怎忘？对残霞落日空凝望！寡人今

夜呵，把哭不尽的衷情，和你梦儿里再细讲。

数点香烟出庙门，（曹邺）
巫山云雨洛川神[21]。（权德舆）
翠蛾仿佛平生貌，（白居易）
日暮偏伤去住人[22]。（封彦冲）

注释

[1] 旃檀香：即檀香。
[2] 魔障：佛教用语。恶魔所设的障碍。
[3] 延秋：延秋门。唐朝长安禁苑的西门。
[4] 早子见：只见。
[5] 逼拶：逼迫。
[6] 泉台：即泉下，古时指死人埋葬之处。
[7] 香魂：指杨贵妃的灵魂。
[8] 爇：点燃，烧。
[9] 存殁参商：存殁，生死。参商，参星和商星。这两颗星不能同时出现，因此用来比喻人与人不能见面。
[10] 初赐爵：敬第一杯酒。祭礼的仪式为初献爵、亚献爵、终献爵，斟三次酒。皇帝祭贵妃，所以是赐爵。爵，一种古代酒器，这里指酒。
[11] 瀽：倾倒。
[12] 国殇：指杨贵妃为国家而牺牲。
[13] 山陵改北邙：山陵，帝王后妃的坟墓。北邙，邙山，在河南洛阳市北，东汉及北魏的王侯公卿一般葬在这里。
[14] 垂垂：眼泪滚滚而下的样子。
[15] 肠荒：表示心中郁闷。
[16] 常侍：太监。
[17] 锦水：即锦江，在今四川成都。这里指成都。
[18] 酹酒：祭奠时把酒洒在地上。
[19] 鸾骖碧汉：指西王母乘鸾凤来见汉武帝的故事。鸾骖，乘鸾。碧汉，碧天。
[20] 鹤返辽阳：相传仙人丁令威化为白鹤回到他的故乡辽东。
[21] 洛川神：洛水之神宓妃。这里指杨贵妃。
[22] 去住人：游子。这里指唐明皇。

第三十三出　神　诉

【仙吕入双调·柳摇金】（贴引二仙女、二仙官队子行上）工成玉杼，机丝巧殊，呈锦过天除。摇珮还星渚，云中引凤舆。却望着银河一缕，碧落映空虚。俯视尘寰，山川米聚。吾乃天孙织女是也。织成天锦，进呈上帝。行路中间，只见一道怨气，直冲霄汉。不知下界是何地方。（叫介）仙官，（官应介）（贴）你看这非烟非雾，怨气模糊，试问下方何处？

（官应，作看介）启娘娘，下界是马嵬坡地方。（贴）吩咐暂驻云车，即宣马嵬坡土地来者。（官应，众拥贴高处坐介）（官向内唤介）马嵬坡土地何在？（副净应上）来也。

【北越调·斗鹌鹑】则俺在庙里安身，忽听得空中唤取。则他那天上宣差，有俺甚地头事务？（官唤科）土地快来。（副）他不住的唱叫扬疾[1]，唬的我慌忙急遽。只索把急张拘诸[2]的袍袖来拂，乞留屈碌[3]的腰带来束。整顿了这破丢不答[4]的平顶头巾，扶定了那滴羞扑速[5]的齐眉拐拄。

（见官科）仙官呼唤，有何使令？（官）织女娘娘呼唤你哩。（副净）

【紫花儿序】听说道唤俺的是天孙织女，我又不曾在河边去掌渡司桥，可因甚到坡前来觅路寻途？（背科）哦，是了波，敢只为云中驾过，道俺这里接待全疏，（哭科）待将咱这卑职来勾除[6]。（回向官科）仙官可怜见波，小神官卑地苦，接待不周，特带得一陌黄钱在此，送上仙官，望在娘娘前方便咱。则看俺庙宇荒凉鬼判无，常只是尘蒙了神案，土塞在台基，草长在香炉。

（官笑科）谁要你的黄钱。娘娘有话问你哩，快去，快去。（引副净见介）（副净）马嵬坡土地叩见。愿娘娘圣寿无疆。（仙女）平身。（副净起科）（贴）土地，我在此经过，见你界上有怨气一道，直冲霄汉。是何缘故？（副净）娘娘听启，

【天净沙】这的是艳晶晶《霓裳》曲里娇姝，袅亭亭翠盘掌上轻躯。

（贴）是那一个？（副净）是唐天子的贵妃杨玉环，磣磕磕黄土坡前怨屈，因此上痛咽咽幽魂不去，矗腾腾黑风在空际吹嘘。

（贴）原来就是杨玉环。记得天宝十载渡河之夕，见他与唐天子在长生殿上，誓愿世为夫妇。如今已成怨鬼，甚是可怜。土地，你将死时光景说与我听者。（副净）

【调笑令】子为着往蜀、侍銮舆，鼎沸般军声四下里呼。痛红颜不敢将恩负，哭哀哀拜辞了君主。一霎时如花命悬三尺组[7]，生擦擦[8]为国捐躯。

（贴）怎生为国捐躯，你再细细说来。（副净）

【小桃红】当日个闹镬铎[9]激变羽林徒，把驿庭四面来围住。若不是慷慨佳人将难轻赴，怎能够保无虞，扈君王直向西川路，使普天下人心悦服。今日里中兴重睹，兀的不是再造了这皇图。

（贴）虽如此说，只是以天下为主，不能庇一妇人，长生殿中之誓安在？李三郎[10]畅好薄情也。（副净）娘娘，那杨妃呵，

【秃厮儿】并不怨九重上情违义忤，单则挨九泉中恨债冤逋[11]。痛只痛情缘两断不再续，常则是悲此日，忆当初，欷歔。

（贴）他可说些甚来？（副净）

【圣药王】他道是恩已虚，爱已虚，则那长生殿里的誓非虚。就是情可辜，意可辜，则那金钗钿盒的信难辜。拚抱恨守冥途。

（贴）他原是蓬莱仙子，只因夙孽，迷失本真。今到此地位，还记得长生殿中之誓。有此真情，殊堪鉴悯。（副净）再启娘娘，杨妃近来，更自痛悔前愆。（贴）怎见得？（副净）

【麻郎儿】他夜夜向星前扪心泣诉，对月明叩首悲吁。切自悔愆尤积聚，要祈求罪业消除。

【么篇】因此上怨呼，恨吐，意苦。虽不能贯白虹上达天都[12]，早则是结紫孛[13]冲开地府。不提防透青霄横当仙路。

（贴）原来如此。既悔前非，诸愆可释。吾当保奏天庭，令他复归仙位便了。（副净）娘娘呵，

【络丝娘】虽则保奏他仙班再居，他却还有痴情几许。只恐到仙宫，但孤处，愿永证前盟夫妇。

（贴）是儿好情痴也。你且回本境，吾自有道理。（副净）领法旨。

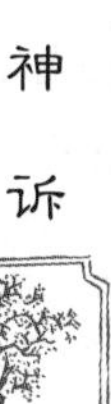

【尾声】代将情事分明诉，幸娘娘与他做主。早则看马嵬坡少一个苦游魂，稳情取蓬莱山添一员旧仙侣。

（下）（贴）吩咐起驾，回璇玑宫去。（众应引行介）

【南仙吕入双调过曲·金字段】【金字令】红颜薄命，听说真冤苦。黄泉长恨，听说多酸楚。更抱贞心，初盟不负。【三段字】悔深顿令真元[14]露，情坚炼出金丹固，只合登仙，把人天恨补。

往来朝谒蕊珠宫，（赵嘏）
乌鹊桥成上界通。（刘威）
纵目下看浮世事，（方干）
君恩已断尽成空。（卢弼）

注释

[1] 唱叫扬疾：大吵大闹。

[2] 急张拘诸：形容十分慌张。

[3] 乞留屈碌：弯弯曲曲。

[4] 破丢不答：破破烂烂。

[5] 滴羞扑速：形容拐杖落在地上的声音。

[6] 勾除：免除职位。

[7] 命悬三尺组：以三尺白练自缢而死。

[8] 生擦擦：活生生。

[9] 闹镬铎：吵吵闹闹。

[10] 李三郎：指唐明皇。

[11] 冤逋：冤债。

[12] 贯白虹上达天都：表示怨气冲天。相传战国时荆轲为燕国的太子丹去刺秦始皇，有白虹挂于天空。

[13] 紫孛：紫气。孛，彗星或彗星出现时光芒四射的样子。《公羊传·昭公十七年》：“孛者何？彗星也。”

[14] 真元：本性。

第三十四出　刺　逆

（丑扮李猪儿太监帽、毡笠、箭衣[1]上）“小小身材短短衣，高檐能走壁能飞。怀中匕首无人见，一皱眉头起杀机。”自家李猪儿便是，从小在安禄山帐下。见俺人材俊俏，性格聪明，就与儿子一般看待。一日禄山醉后，忽然现出猪首龙身[2]，自道是个猪龙，必有天子之分。因此把俺名字，就顺口唤作猪儿。不想他如今果然做了皇帝，却宠爱着段夫人，要立他儿子庆恩为太子。眼见这顶平天冠，不要说俺李猪儿没福戴他，就是他长子大将军庆绪，也轮不到头上了。因此大将军心怀忿恨，与俺商量，要俺今夜入宫行刺。唉，安禄山，安禄山，你受了唐天子那样大恩，尚且兴兵反叛，休怪俺李猪儿今日反面无情也。（内打二更介）你听，谯楼[3]已打二鼓，不免乘此夜静，沿着宫墙前去走一遭也呵。（行介）

【双调·二犯江儿水】阴森夹道，行不尽阴森夹道，更深人静悄。（内作鸟声介）怕惊飞宿鸟，（内作犬吠介）犬吠哰哰，祸机儿包贮好。（内打更介）那边巡军来了，俺且闪在大树边，躲避一回。（躲介）（小生、末、中净、老旦扮四军，巡更上）“百万军中人四个，九重门外月三更。”（末）大哥每，你看那御河桥树枝，为何这般乱动？（老）莫不有甚奸细在内。（中净）这所在那得有奸细，想是柳树成精了。（小生）呸，你每不听得风起么？（众）不要管，一路巡去就是了。（绕场走下）（丑出行介）好唬人也。只见刁斗暗中敲，巡军过御桥。星影云飘，月影花摇，险些儿漏风声难自保。一路行来，此处已近后殿，不免跳过墙去。苑墙恁高，那怕他苑墙恁高，翻身一跳，（作跳过介）已被俺翻身一跳。（内作乐介）你听，恁般时候，还有笙歌之声。喜得宫中都是熟路，且自慢慢而去。等待他醉模糊把锦席抛[4]。

（虚下）（净作醉态，老旦、中净、二宫女扶侍，二杂扮内侍、提灯上）（净）孤家醉了，到便殿中安息去罢。（杂引净到介）（净坐介）（二杂先下）（净）宫娥，段夫人可曾回宫？（老旦、中净）回宫去了。（净）看茶来吃。（老旦、中净应下）（净作醒叹介）唉，孤家原不曾醉。只为打破长安之后，便想席卷中原。不料名路诸将，连被郭子仪杀得大败，心中好生着急。又因爱恋段夫人，酒色过度，不但弄得孤家身子疲软，连双目都不见了。因此今夜假装酒醉，令他回宫，孤家自在便殿安寝，暂且将息一宵。（老旦、中净捧茶上）皇爷，茶在此。（净作饮介）（内打三更介）（中净）夜已三更，请皇爷安寝罢。（净）宫娥每，把殿门紧闭了。（老旦、中净应作闭门介）（净睡介）（老旦、中净坐地盹介，净作惊介）为何今晚睡卧不宁，只管肉飞眼跳？（叫介）宫娥，宫娥！（中净惊醒介）想是皇爷独眠不惯，在那里唤人哩。姐姐你去。（老旦）姐姐，还是你去。（推，诨介）（净又叫介）宫娥，是甚么人惊醒孤家？（老旦、副净）没有人。（净）传令外面军士，小心巡逻。（老旦、副净）领旨。（作开门出，向内传介）（内应介）（老旦、副净进，忘闭门，复坐地盹介）（净作睡不着介）又记起一事来，段夫人要孤家立他的儿子庆恩为太子，这事明日也要定了。（作睡着介）（丑潜上）俺李猪儿在黑影里，等了多时。才听得笙歌散后，段夫人回宫，说禄山醉了在便殿安息。是好机会也呵。（行介）

【前腔】潜身行到，悄不觉潜身行到。（内喊小心巡回介）巡更的空闹吵，怎知俺宫闱暗绕，苑路斜抄，凑昏君沉醉倒。 这里已是便殿了。且喜门儿半开在此，不免挨身而入。（进介） 莫把兽环摇，（作听介） 听鼾声殿角高。你看守宿的宫女，都是睡着。（作剔灯介） 咱剔醒兰膏[5]，（揭帐介） 揭起鲛绡[6]，（出刀介） 管教他泼残生登时了。（净作梦语，丑惊，伏地，徐起细听介） 梦中絮叨，原来是梦中絮叨。（内打四更介） 残更频报，趁着这残更频报，赤紧的向心窝刺一刀。

（刺净急下）（净作大叫一声跌地，连跳作死介）（老旦、中净惊醒介）那里这般响动？（看介）啊呀，不好了！（向外叫介）外厢值宿军士快来。（四杂军上）为何大惊小怪？（老旦、中净）皇爷忽然梦中大叫，急起看时，只见鲜血满身，倒在地下。（四杂）有这等事！（作进看介）呀，原来被人刺中心窝而死。好奇怪，我每紧守外厢，还有许多巡军拦路，这贼从那里进来？毕竟是你每做出来的。（老旦、副净）好胡说，你每在外厢护卫，放了贼进来。明日大将军查问，少不得一个个都是死。（军）难道你每就推得干净？（诨介）（杂扮将官上）“凶音来紫殿[7]，令旨出青宫[8]。”大将军有令：主上被唐朝郭子仪遣人刺死，即着军士抬往段夫人宫中收殓，候大将军即位发丧。（四杂）得令。（抬净尸，随杂下）（老旦、副净向内介）

鱼文匕首犯车茵[9]，（刘禹锡）
当值巡更近五云。（王建）
胸陷锋芒脑涂地，（陆龟蒙）
已无踪迹在人群。（赵嘏）

注释

[1] 箭衣：古代弓箭手所穿的衣服。
[2] 忽然现出猪首龙身：《资治通鉴》：“上尝大宴禄山。禄山醉卧，化为龙而猪首。”
[3] 谯楼：城门上的瞭望楼。
[4] 把锦席抛：意思是离开宴席。
[5] 兰膏：古时用泽兰炼成的油脂，可燃灯，有香气。这里指油灯。
[6] 鲛绡：鲛绡帐，指用薄绸做的帐子。
[7] 凶音来紫殿：凶音，死讯。紫殿，皇帝住的宫殿。
[8] 青宫：东宫，太子的住所。
[9] 鱼文匕首犯车茵：鱼文，匕首上所饰的鱼形花纹。犯，拦路行刺。车茵，车子里的坐褥。

第三十五出　收　京

【仙吕过曲·甘州歌】【八声甘州】（外金盔、袍服，生、小生、净、末扮四将，各骑马，二卒执旗行上）宣威进讨，喜日明帝里，风静皇郊。欃枪[1]涤尽，看把乾坤重造。扬鞭漫将金镫敲，整顿中兴事正饶[2]。（外）下官郭子仪，奉命统兵讨贼。且喜禄山授首，庆绪奔逃，大小三军就此振旅进城去。（众应，行介）【排歌】收驰辔，近吊桥，只见长安父老拜前旄。欢声动，笑语高，卖将珠串奉香醪。

（到介）（众）启元帅，已进京城。请在龙虎卫衙门，权时驻扎。（外、众下马，作进，外正坐，四将傍坐介）（外）忆昔长安全盛时，（生、小生）今朝重到不胜悲。（净、末）漫挥满目河山泪，（外）始悟新丰壁上诗。（四将）请问元帅，甚么新丰壁上诗？（外）诸将不知，本镇当年初到西京，偶见酒楼壁上，有术士李遐周题诗一首。（四将）题的是何诗句？（外）那诗上说："燕市人皆去，函关马不归。若逢山下鬼，环上系罗衣。"（四将）这却怎么解？（外）当时也详解不出。如今看来，却句句验了。（将）请道其详。（外）禄山统燕、蓟军马，入犯两京，可不是"燕市人皆去"么？后来哥舒兵败潼关，正是"函关马不归"了。（四将）是，果然不差。后面两句，却又何解。（外）"山下鬼"者，嵬字也。"环"乃贵妃之名，恰应马嵬赐死之事。（四将）原来如此，可见事皆前定。今仗元帅洪威，重收宫阙，真乃不世[3]之勋也。（外叹介）唉，西京虽复，只是天子暂居灵武，上皇远狩成都；千官尚窜草莱，百姓未归田里。必先肃清宫禁，洒扫园陵[4]，务使钟虡[5]不移，庙貌如故。上皇西返，大驾东回。才完得我郭子仪身上的事也。（四将打恭介）全仗元帅。只手重扶唐社稷，一肩独荷李乾坤。（外）说便这般说，这中兴事，大费安排。诸公何以教我？（四将）不敢。（外）

【商调过曲·高阳台】九庙灰飞[6]，诸陵尘暗，腥膻满目狼藉。久阙宫悬[7]，伤心血泪时滴。（合）今日，妖氛幸喜消尽也，索早自扫除修葺。

（外）左营将官过来。（生）有。（外）你将这令箭一支，前去星夜雇募人夫扫除陵寝，修葺宗庙，候圣驾回来致祭。（合）待春园，樱桃熟绽，荐陈时食[8]。

（外付令箭，生收介）领钧旨。（末）元帅在上，帝京初复，十室九空。为今要务，先当招集流移，使安故业。（外）言之然也。

【前腔】【换头】堪惜，征调千家，流离百室。哀鸿满路悲戚，须早招徕。闾阎重见盈实。（合）安辑，春深四野农事早，恰趁取甲兵初释。（外）右营将官过来。（小生）有。（外）你将这令箭一支，前去出榜安民，复归旧业。（合）遍郊圻[9]，安宁妇子[10]，勉修耕织。

（外付令箭，小生接介）领钧旨。（净）元帅在上，国家新造，纲纪宜张，还须招致旧臣，共图更始[11]。（外）此言正合我意。

【前腔】【换头】虽则，暂总纲维，独肩弘巨[12]，同心早晚协力。百尔臣工，安危须仗奇策。（合）欣得，南阳已自佳气满[13]，好共把旧章重饬。（外）后营将官过来。（末）有。（外）你将这令箭一支，榜示百官，限三日内，齐赴军前，共襄国事。（合）佐中兴升平泰运，景从[14]云集。

（外付令箭，末接介）领钧旨。（生、小生）元帅在上，长安久无天日，士民渴仰圣颜。庶政以渐举行，銮舆必先反正。（外）二位所言，乃中兴大本也。本镇早已修下迎驾表文在此。

【前腔】【换头】目极，云蔽行宫，尘蒙西蜀，臣心夙夜[15]难释。反正銮舆，群情方自归一。（众共泣介）（合）凄恻，无君久切人痛愤，愿早把圣颜重识。（外）前营将官过来。（净）有。（外）你将这令箭一支，带领龙虎军士五千，备齐法驾，赍我表文，前往灵武，奉迎今上皇帝告庙。并候圣旨，遣官前往城都，迎请上皇回銮。（净接令箭介）领钧旨。（外）左右看香案过来，就此拜发表文。（杂应、设香案，扭扮礼生上，赞礼）（外同四将拜表介）（合）就军前瞻天仰圣，共尊明辟[16]。

（丑下）（净捧表文介）（四将）小将等就此前去。

削平妖孽在斯须[17]，（方干）
（外）依旧山河捧帝居。（皮日休）
（合）听取满城歌舞曲，（杜牧）
风云长为护储胥[18]。（李商隐）

注释

[1] 欃枪：彗星的别名，又称天欃、天枪。《史记·司马相如列传》：“揽欃枪以为旌兮，靡屈虹而为绸。”

[2] 饶：多。

[3] 不世：非凡，世上罕有。

[4] 园陵：陵墓。

[5] 钟虡：钟，宗庙里祭祀用的乐器。虡，古代悬挂编钟、编磬木架上的立柱。

[6] 九庙灰飞：《资治通鉴》：“太庙为贼所焚。”

[7] 久阙宫悬：长久缺乏礼乐制度。宫悬，皇帝宫殿里悬挂乐器的一种特定方式。

[8] 荐陈时食：以时新食品祭祀祖先。

[9] 郊圻：郊外。

[10] 妇子：指女的和男的。

[11] 更始：再造。

[12] 弘巨：重大的，艰巨的。

[13] 南阳已自佳气满：汉光武帝刘秀是南阳人，他重建刘汉封建政权。这里比喻唐肃宗时已有中兴气象。

[14] 景从：像影子跟随人一样。表明追随者众多。

[15] 夙夜：朝夕，时时刻刻。

[16] 明辟：明君。辟，皇帝。

[17] 斯须：顷刻之间。

[18] 储胥：军营外的藩篱。这里指郭子仪的营帐。

第三十六出 看 袜

【商调过曲·吴小四】(老旦扮酒家妪上)驿坡头，门巷幽，拾得娘娘锦袜收。开着店儿重卖酒，往来客人尽见投。聊度日，不用愁。

老身王嬷嬷，一向在这马嵬坡下，开个冷酒铺儿度日。自从安禄山作乱，人户奔逃。那时老身躲入驿内佛堂，只见梨树之下有锦袜一只，是杨娘娘遗下的。老身收藏到今，谁想是件至宝。如今郭元帅破贼收京，太平重见，老身仍旧开张酒铺在此。但是远近人家，闻得有锦袜的，都来铺中饮酒，兼求看袜。酒钱之外，另有看钱，生意十分热闹。(笑介)也算是老身交运了。今早铺设下店儿，想必有人来也。(虚下)(小生巾、服行上)

【中吕过曲·驻马听】翠辇西临，古驿千秋遗恨深。叹红颜断送，一似青冢[1]荒凉，紫玉[2]销沉。小生李謩，向因兵戈阻路，不能出京。如今渐喜太平，闻得马嵬坡下王嬷嬷酒店中，藏有贵妃锦袜一只，因此前往借观。呀，那边一个道姑来了。(丑扮道姑上)"满目沧桑都换泪，空留锦袜与人看。"(见介)(小生)姑姑何来？(丑)贫道乃金陵女贞观主，来京请藏[3]，兵阻未归。今闻王嬷嬷店中，有杨娘娘锦袜，特来求看。(小生)原来也是看袜的，就请同行。(同行介)(合)玉人一去杳难寻，伤心野店留残锦。且买酒徐斟，暂时把玩端详审。

(小生)此间已是，不免径入。(同作进介)(老旦迎上)里面请坐。(小生、丑作坐介)(外上)老汉郭从谨，喜得兵戈宁息，要往华山进香。经过这马嵬坡下，走的乏了。有座酒店在此，且吃三杯前去。(进介)店主人取酒来。(老旦)有酒。(外与小生、丑见介)请了。(小生向老旦介)王嬷嬷，我等到此，一则饮酒，二则闻有太真娘娘的锦袜，要借一观。(老旦笑介)锦袜果有一只。只是老身呵，

【前腔】宝护深深，什袭[4]收藏直至今。要使他香痕不减，粉泽常留，尘涴无侵。果然堪爱又堪钦，行人欲见争投饮。客官，只要不惜囊金，

愿与君把玩端详审。

(小生)这个自然。我每酒钱之外，另有青蚨[5]便了。(老旦)如此待老身去取来。(虚下)(持袜上)“玉趾罢穿还带腻，罗巾深裹便闻香。”客官，锦袜在此。请看。(小生作接，展开同丑看介)呀，你看锦文缜致，制度精工。光艳犹存，异香未散。真非人间之物也。(丑)果然好香！(外作饮酒不顾介)(小生作持袜起，看介)

【驻云飞】你看薄衬香绵，似一朵仙云轻又软。昔在黄金殿，小步无人见。怜今日酒垆边，等闲携展。只见线迹针痕，都砌就伤心怨。可惜了绝代佳人绝代冤，空留得千古芳踪千古传。

(外作恼介)唉，官人，看他则甚！我想天宝皇帝，只为宠爱了贵妃娘娘，朝欢暮乐，弄坏朝纲。致使干戈四起，生民涂炭。老汉残年向尽，遭此乱离。今日见了这锦袜，好不痛恨也。

【前腔】想当日一捻新裁，紧贴红莲着地开，六幅湘裙盖，行动君先爱。唉，乐极惹非灾，万民遭害。今日里事去人亡，一物空留在。我蓦睹香袎重痛哀，回想颠危还泪揩。

(老旦)呀，这客官见了锦袜，为何着恼？敢是不肯出看钱么！(外)甚么看钱？(老旦)原来是个村老儿，看钱也不晓得。(小生)些须小事，不必斗口。(向丑介)姑姑也请细观。(向老旦介)待小生一并送钱便了。(递袜介)(丑接起看介)唉，我想太真娘娘，绝代红颜，风流顿歇。今日此袜虽存，佳人难再。真可叹也。

【前腔】你看琐翠钩红，叶子花儿犹自工。不见双趺[6]莹，一只留孤凤。空流落，恨何穷，马嵬残梦。倾国倾城，幻影成何用！莫对残丝忆旧踪，须信繁华逐晓风。

(递袜与老旦介)嬷嬷，我想太真娘娘，原是神仙转世。欲求喜舍此袜，带到金陵女贞观中，供养仙真。未知许否？(老旦笑介)老身无儿无女，下半世的过活都在这袜儿上，实难从命。(小生)小生愿出重价买去。如何？(外)这样遗臭之物，要他何用。(老旦)老身也不卖的。(外作交钱介)拿酒钱去。(小生作交钱介)我每看袜的钱，一总在此。(老旦收介)多谢了。

一醉风光莫厌频，(鲍溶)

（丑）几多珠翠落香尘。（卢纶）

（小生）惟留坡畔弯环月[7]，（李益）

（外）郊外喧喧引看人。（宋之问）

注释

[1] 青冢：王昭君的坟墓，在今内蒙古呼和浩特市的南面。汉元帝将王昭君嫁给匈奴单于，传说她死了以后，坟墓上面长满青草，草色常青，故称。

[2] 紫玉：古代诗词中常用来比喻早死的少女。相传春秋时吴王夫差的女儿紫玉（小玉）爱上了青年韩重，因不能嫁给他，抑郁而死。

[3] 请藏：请购道教经典。

[4] 什袭：把物品层层包裹起来，表示珍藏。

[5] 青蚨：昆虫名。古代借指铜钱。

[6] 双趺：双足。趺，同“跗”，脚背。

[7] 弯环月：指锦袜。

第三十七出　尸　解

【正宫引子·梁州令】（魂旦上）风前荡漾影难留，叹前路谁投。死生离别两悠悠，人不见，情未了，恨无休。

【如梦令】"绝代风流已尽，薄命不须重恨。情字怎消磨？一点嵌牢方寸。闲趁，闲趁，残月晓风谁问！"我杨玉环鬼魂，自蒙土地给与路引，任我随风来往。且喜天不收，地不管，无拘无系，煞甚逍遥。只是再寻不到皇上跟前，重逢一面。（悲介）好不悲伤！今日且顺着风儿，看到那一处也。（行介）

【正宫过曲·雁鱼锦】【雁过声全】悄魂灵御风似梦游，路沉沉不辨昏和昼。经野树片时权栖宿，猛听冷烟中鸟啾啾，唬得咱早难自停留。青磷荒草浮，倩他照着我向前冥冥走。是何处？殿角几重云影覆。（看介）呀，原来就是西宫门首了。不免进去一看。（作欲进，二门神黑白面、金甲，执鞭、简上）（立高处介）"生前英勇安天下，死后威灵护殿门。"（举鞭、简拦旦介）何方女鬼，不得擅入。（旦出路引介）奴家杨玉环，有路引在此。（门神）原来是杨娘娘。目今禄山被刺，庆绪奔逃，郭元帅扫清宫禁。只太上皇远在蜀中，新天子尚留灵武。因此大内寂无一人，宫门尽扃锁钥。娘娘请自进去，吾神回避。（下）（旦作进介）你看"宫花都是断肠枝，帘幕无人窣地垂。行到画屏回合处，分明钗盒奉恩时。"（泪介）（场上先设宫中旧床帏、器物介）【二犯渔家傲】【雁过声换头】躇踌，往日风流。【普天乐】（作坐床介）记盒钗初赐，种下这恩深厚。痴情共守，（起介）又谁知惨祸分离骤！唉，你看沉香亭、花萼楼都这般荒凉冷落也。（作登楼介）并没有人登画楼，并没有花开并头，【雁过声】并没有奏新讴——端的有、荒凉满目生愁！凄然，不由人泪流！呀，这里是长生殿了。我想起来，（泪介）（场上先设长生殿乞巧香案介）这壁厢是咱那日陈瓜果夜香来乞巧，那壁厢是他恁时向牛女凭肩私拜求。（哭介）我那皇上呵，怎能够霎时一见也！方才门神说，上皇犹在蜀中。不免闪出宫门，到渭桥

之上，一望西川则个。（行介）【二犯倾杯序】【雁过声换头】凝眸，一片清秋，（登桥介）【渔家傲】望不见寒云远树峨眉秀。【倾杯序】苦忆蒙尘[1]，影孤体倦。病马严霜，万里桥头，知他健否？纵然无恙，料也为咱消瘦。待我飞将过去。（作飞，被风吹转介）（哭介）哎哟，天呵！【雁过声】我只道轻魂弱魄飞能去，又谁知千水万山途转修。（作看介）呀，你看佛堂虚掩，梨树欹斜。怎么被风一吹，仍在马嵬驿内了！（场上先设佛堂梨树介）

【喜渔灯犯】【喜渔灯】驿垣夜冷，一灯微漏。佛堂外，阴风四起。看月暗空厩，【朱奴儿】猛伤心泪垂。【玉芙蓉】对着这一株靠檐梨树幽，（坐地泣介）【渔家傲】这是我断香零玉沉埋处。好结果一场厮耨[2]，空落得薄命名留。【雁过声】当日个红颜艳冶千金笑，今日里白骨抛残土半丘。我想生受深恩，死亦何悔。只是一段情缘，未能终始。此心耿耿，万劫难忘耳。

【锦缠道犯】【锦缠道】谩回首，梦中缘花飞水流，只一点故情留。似春蚕到死，尚把丝抽。剑门关离宫自愁，马嵬坡夜台[3]空守，想一样恨悠悠。【雁过声】几时得金钗钿盒完前好，七夕盟香续断头！

（副净上）"天边传敕使，泉下报幽魂。"（见介）贵妃，有天孙娘娘赍捧玉旨到来，须索准备迎接。吾神先去也。（旦）多谢尊神。（分下）（杂扮四仙女，执水盂、幡节，引贴捧敕上）

【南吕引子·生查子】玉敕降天庭，鸾鹤飞前后。只为有情真，召取还蓬岫。

（副净上，跪接介）马嵬坡土地迎接娘娘。（贴）土地，杨妃魂灵何在？速召前来，听宣玉敕。（副）领法旨。（下）（引旦去魂帕[4]上，跪介）（贴宣敕介）玉旨已到，跪听宣读。玉帝敕曰：咨尔玉环杨氏，原系太真玉妃，偶因微过，暂谪人间。不合迷恋尘缘，致遭劫难。今据天孙奏尔吁天悔过，夙业已消，真情可悯。准授太阴炼形[5]之术，复籍仙班，仍居蓬莱仙院。钦哉谢恩。（旦叩头介）圣寿无疆。（见贴介）天孙娘娘叩首。（贴）太真请起。前天宝十载七夕，我正渡河之际，见你与唐天子在长生殿上，密誓情深。昨又闻马嵬土地诉你悔过真诚，因而奏闻上帝，有此玉音。（旦）多谢娘娘提拔。（贴取水盂，付副净介）此乃玉液金浆。你可将去，同玉妃到坟前，沃彼原身，即得炼形度地[6]，尸解[7]上升了。炼毕之时，即备音乐、幡幢，送归蓬莱仙院。我先缴玉敕去也。（副净）领法旨。（贴）“驾回双凤阙，云拥七襄衣。”（引仙女下）（副净）玉妃恭喜，就请回到冢上去。

（副净捧水盂，引旦行介）

【南吕过曲·香柳娘】往郊西道北，往郊西道北，只见一拳[8]培塿，（副净）到了。（旦作悲介）这便是我前生宿艳藏香薮。（副净）小神向奉西岳帝君敕旨，将仙体保护在此。待我去扶将出来。（作向古门扶杂，照旦妆饰，扮旦尸锦褥包裹上）（副净解去锦褥，扶尸立介）（旦见作惊介）看原身宛然，看原身宛然，紧紧合双眸，无言闭檀口。（副净将水沃尸介）把金浆点透，把金浆点透，神光面浮，（尸作开眼介）（旦）秋波忽溜。

（尸作手足动，立起向旦走一二步介）（旦惊介）呀，

【前腔】果霎时再活，果霎时再活，向前移走，觑形模与我无妍丑。（作迟疑介）且住，这个杨玉环已活，我这杨玉环却归何处去？（尸作忽走向旦，旦作呆状，与尸对立介）（副净拍手高叫介）玉妃休迷，他就是你，你就是他。（指尸向旦介）这躯壳是伊，（指旦向尸介）这魂魄是伊，真性假骷髅，当前自分剖。（尸逐旦绕场急奔一转，旦扑尸身作跌倒，尸隐下）（副净）看元神入彀[9]，看元神入彀，似灵胎再投，双环合凑。

【前腔】（旦作起，立定徐唱介）乍沉沉梦醒，乍沉沉梦醒，故吾[10]失久，形神忽地重圆就。猛回思惘然，猛回思惘然，现在自庄周，蝴蝶复何有[11]。我杨玉环，不意今日冷骨重生，离魂再合。真谢天也。似亡家客游，似亡家客游，归来故丘，室庐[12]依旧。

土地请上，待吾拜谢。（副净）小神不敢。（旦拜，副净答拜介）（旦）

【前腔】谢经年护持，谢经年护持，保全枯朽，更断魂落魄蒙𫉰覆。（副净）音乐、幡幢已备，候送玉妃归院。（旦欲行又止介）且住，我如今尸解去了，日后皇上回銮，毕竟要来改葬。须留下一物在此，做个记验才好。土地，你可将我裹身的锦褥，依旧埋在冢中，不可损坏。（副净）领仙旨。（作取褥，褥作飞下介）（副净看介）呀，奇哉，奇哉！那锦褥化作一片彩云，竟自腾空飞去了。（旦看介）哦，是了。方才炼形之时，那锦褥也沾着金浆，故此得了仙气。化飞空彩云，化飞空彩云，也似学仙游，将何更留后。我想金钗、钿盒，是要随身紧守的，此外并无他物……（想介）哦，也罢，我胸前有锦香囊一个，乃翠盘试舞之时，皇上所赐。不免解来留下便了。（作解香囊看介）解香囊在手，解香囊在手，

（悲介）他日君王见收，索强似人难重觏。

（将香囊付副净介）土地，你可将此香囊，放在家内。（副净接介）领仙旨。（虚下，即上）启娘娘，香囊已放下了。（杂扮四仙女，音乐、幡幢上）（见旦介）蓬莱山太真院中仙姬叩见。请娘娘更衣归院。（内作乐，旦作更仙衣介）（副净）小神候送。（旦）请回。（副下，仙女、旦行介）

【单调风云会】【一江风】指瀛洲，云气空蒙覆，金碧开群岫。【驻云飞】嗏，仙家岁月悠，与情同久。情到真时，万劫还难朽。牢把金钗钿盒收，直到蓬山顶上头。（从高处行下）

销耗胸前结旧香，（张祜）
多情多感自难忘。（陆龟蒙）
蓬山此去无多路，（李商隐）
天上人间两渺茫。（曹唐）

注释

[1] 蒙尘：皇帝外出。
[2] 厮耨：相爱。
[3] 夜台：坟墓。卢照邻《同崔录事哭郑员外》："夜台无晓箭，朝奠有虚尊。"
[4] 魂帕：一种头巾。演员戴在头上，表示扮演的是鬼魂。
[5] 炼形：道家修炼的隐身术。
[6] 度地：道家离地飞升的法术。
[7] 尸解：道家用语。指尸体化开，不再存在，意思是成仙了。
[8] 一拳：一堆。
[9] 元神入彀：元神，灵魂。彀，躯壳。
[10] 故吾：原来的我。
[11] "现在自庄周"两句：据《庄子·齐物论》记载，庄子梦见自己化为蝴蝶，以为自己就是蝴蝶，醒来后发现蝴蝶不见了，才觉得自己是庄子。
[12] 室庐：比喻躯体。

第三十八出　弹　词

（末白须，旧衣帽抱琵琶上）“一从鼙鼓起渔阳，宫禁俄看蔓草荒。留得白头遗老在，谱将残恨说兴亡。”老汉李龟年，昔为内苑伶工，供奉梨园。蒙万岁爷十分恩宠。自从朝元阁教演《霓裳》曲成奏上，龙颜大悦。与贵妃娘娘，各赐缠头，不下数万。谁想禄山造反，破了长安。圣驾西巡，万民逃窜。俺每梨园部中，也都七零八落，各自奔逃。老汉来到江南地方，盘缠都使尽了。只得抱着这面琵琶，唱个曲儿糊口。今日乃青溪鹫峰寺[1]大会，游人甚多，不免到彼卖唱。（叹科）哎，想起当日天上清歌，今日沿门鼓板，好不颓气人也。（行科）

【南吕·一枝花】不提防馀年值乱离，逼拶得岐路遭穷败。受奔波风尘颜面黑，叹衰残霜雪鬓须白。今日个流落天涯，只留得琵琶在。揣羞脸[2]上长街，又过短街。那里是高渐离击筑悲歌[3]，倒做了伍子胥吹箫也那乞丐[4]。

【梁州第七】想当日奏清歌趋承金殿，度新声供应瑶阶。说不尽九重天上恩如海：幸温泉骊山雪霁，泛仙舟兴庆[5]莲开，玩婵娟[6]华清宫殿，赏芳菲花萼楼台。正担承雨露深泽，蓦遭逢天地奇灾：剑门关尘蒙了凤辇鸾舆，马嵬坡血污了天姿国色。江南路哭杀了瘦骨穷骸。可哀落魄，只得把《霓裳》御谱沿门卖，有谁人喝声采！空对着六代[7]园陵草树埋，满目兴衰。

（虚下）（小生巾服上）“花动游人眼，春伤故国心。《霓裳》人去后，无复有知音。”小生李謩，向在西京留滞，乱后方回。自从宫墙之外，偷按《霓裳》数叠，未能得其全谱。昨闻有一老者，抱着琵琶卖唱。人人都说手法不同，像个梨园旧人。今日鹫峰寺大会，想他必在那里，不免前去寻访一番。一路行来，你看游人好不盛也。（外巾服，副净衣帽，净长帽、帕子包首，扮山西客，携丑扮妓上）（外）“闲步寻芳惜好春”，（副净）“且看胜会逐游人”。（净）大姐，咱和你“及时行乐休空过”。（丑）客官，“好听琵琶一曲新”。（小生向副净科）老兄请了。动问这位大姐，说甚么“琵琶一曲新”？（副净）老兄不知，这里新到一个老者，弹得一手好琵琶。今日在鹫峰寺赶会，因此大家同去一听。（小生）小生正要去寻他，同行何如！（众）如此极好。（同行科）行行去去，去去行行，已到鹫峰寺了。就此进去。（同进科）（副净）那边一个圈子，四围板凳，想必是波。我每一齐挨进去，坐下听者。（众作坐科）（末上见科）列位请了，想都是听曲的。请坐了，待在下唱来请教波。（众）正要领教。（末弹琵琶唱科）

【转调货郎儿】唱不尽兴亡梦幻，弹不尽悲伤感叹，大古里[8]凄凉满眼对江山。我只待拨繁弦传幽怨，翻别调写愁烦，慢慢的把天宝当年遗事弹。

（外）《天宝遗事》，好题目波。（净）大姐，他唱的是甚么曲儿，可就是咱家的西调[9]么？（丑）也差不多儿。（小生）老丈，天宝年间遗事，一时那里唱得尽者。请先把杨贵妃娘娘，当时怎生进宫，唱来听波。（末弹唱科）

【二转】想当初庆皇唐太平天下，访丽色把蛾眉选刷[10]。有佳人生长在弘农杨氏家，深闺内端的玉无瑕。那君王一见了欢无那[11]，把钿盒金钗亲纳，评跋[12]做昭阳第一花。

（丑）那贵妃娘娘，怎生模样波？（净）可有咱家大姐这样标致么？（副净）且听唱出来者。（末弹唱科）

【三转】那娘娘生得来仙姿佚貌[13]，说不尽幽闲窈窕。真个是花输双颊柳输腰，比昭君增妍丽，较西子倍风标[14]，似观音飞来海峤[15]，恍嫦娥偷离碧霄。更春情韵饶，春酣态娇，春眠梦俏。总有好丹青，那百样娉婷难画描。

（副净笑科）听这老翁说的杨娘娘标致，恁般活现，倒像是亲眼见的，敢则谎也。（净）只要唱得好听，管他谎不谎。那时皇帝怎么样看待他来，快唱下去者。（末弹唱科）

【四转】那君王看承得似明珠没两，镇日[16]里高擎在掌。赛过那汉宫飞燕倚新妆，可正是玉楼中巢翡翠[17]，金殿上锁着鸳鸯，宵偎昼傍。直弄得个伶俐的官家颠不剌、懵不剌[18]，撇不下心儿上。弛了朝纲，占了情场，百支支[19]写不了风流帐。行厮并，坐厮当。双，赤紧的倚了御床，博得个月夜花朝同受享。

（净倒科）哎呀，好快活，听的咱似雪狮子向火哩。（丑扶科）怎么说？（净）化了。（众笑科）（小生）当日宫中有《霓裳羽衣》一曲，闻说出自御制，又说是贵妃娘娘所作，老丈可知其详？请唱与小生听咱。（末弹唱科）

【五转】当日呵，那娘娘在荷庭把宫商细按[20]，谱新声将《霓裳》调翻。昼长时亲自教双鬟[21]。舒素手拍香檀，一字字都吐自朱唇皓齿间。恰便似一串骊珠声和韵闲，恰便似莺与燕弄关关，恰便似鸣泉花底流溪涧，恰便似明月下泠泠清梵，恰便似缑岭[22]上鹤唳高寒，恰便似步虚仙珮夜珊珊。传集了梨园部、教坊班，向翠盘中高簇拥着个娘娘，引得那君王带笑看。

（小生）一派仙音，宛然在耳，好形容波。（外叹科）哎，只可惜当日天子宠爱了贵妃，朝欢暮乐，致使渔阳兵起。说起来令人痛心也！（小生）老丈，休只埋怨贵妃娘娘。当日只为误任边将，委政权奸，以致庙谟[23]颠倒，四海动摇。若使姚、宋犹存，那见得有此。（外）这也说的是波。（末）嗨，若说起渔阳兵起一事，真是天翻地覆，惨目伤心。列位不嫌絮烦，待老汉再慢慢弹唱出来者。（众）愿闻。（末弹唱科）

【六转】恰正好呕呕哑哑《霓裳》歌舞，不提防扑扑突突渔阳战鼓。划地里[24]出出律律纷纷攘攘奏边书，急得个上上下下都无措。早则是喧喧嗾嗾、惊惊遽遽、仓仓卒卒、挨挨拶拶[25]出延秋西路，銮舆后携着个娇娇滴滴贵妃同去。又只见密密匝匝的兵，恶恶狠狠的语，闹闹炒炒、轰轰䮤䮤四下喳呼，生逼散恩恩爱爱、疼疼热热帝王夫妇。霎时间画就了这一幅惨惨凄凄绝代佳人绝命图。

（外、副净同叹科）（小生泪科）哎，天生丽质，遭此惨毒。真可怜也！（净笑科）这是说唱，老兄怎么认真掉下泪来！（丑）那贵妃娘娘死后，葬在何处？（末弹唱科）

【七转】破不剌马嵬驿舍，冷清清佛堂倒斜。一代红颜为君绝，千秋遗恨滴罗巾血。半棵树是薄命碑碣，一抔土是断肠墓穴。再无人过荒凉野，莽天涯谁吊梨花谢！可怜那抱幽怨的孤魂，只伴着呜咽咽的望

帝悲声啼夜月。

（外）长安兵火之后，不知光景如何？（末）哎呀，列位，好端端一座锦绣长安，自被禄山破陷，光景十分不堪了。听我再弹波。（弹唱科）

【八转】自銮舆西巡蜀道，长安内兵戈肆扰。千官无复紫宸朝，把繁华顿消，顿消。六宫中朱户挂蟏蛸[26]，御榻傍白日狐狸啸。叫鸱鸮也么哥，长蓬蒿也么哥。野鹿儿乱跑，苑柳宫花一半儿凋。有谁人去扫，去扫！玳瑁空梁燕泥儿抛，只留得缺月黄昏照。叹萧条也么哥，染腥臊也么哥！染腥臊，玉砌空堆马粪高。

（净）呸，听了半日，饿得慌了。大姐，咱和你喝烧刀子[27]，吃蒜包儿去。（作腰边解钱与末，同丑诨下）（外）天色将晚，我每也去罢。（送银科）酒资在此。（末）多谢了。（外）无端唱出兴亡恨，（副净）引得傍人也泪流。（同外下）（小生）老丈，我听你这琵琶，非同凡手。得自何人传授？乞道其详。（末）

【九转】这琵琶曾供奉开元皇帝，重提起心伤泪滴。（小生）这等说起来，定是梨园部内人了。（末）我也曾在梨园籍上姓名题，亲向那沉香亭花里去承值，华清宫宴上去追随。（小生）莫不是贺老？（末）俺不是贺家的怀智。（小生）敢是黄幡绰？（末）黄幡绰同咱皆老辈。（小生）这等想必是雷海青？（末）我虽是弄琵琶，却不姓雷。他呵，骂逆贼久已身死名垂。（小生）这等，想必是马仙期了。（末）我也不是擅场方响马仙期，那些旧相识都休话起。（小生）因何来到这里？（末）我只为家亡国破兵戈沸，因此上孤身流落在江南地。（小生）毕竟老丈是谁波？（末）您官人絮叨叨苦问俺为谁，则俺老伶工名唤作龟年身姓李。

（小生揖科）呀，原来却是李教师。失瞻了。（末）官人尊姓大名，为何知道老汉？（小生）小生姓李，名謩。（末）莫不是吹铁笛的李官人么？（小生）然也。（末）幸会，幸会。（揖科）（小生）请问老丈，那《霓裳》全谱可还记得啵？（末）也还记得，官人为何问他？（小生）不瞒老丈说，小生性好音律，向客西京。老丈在朝元阁演习《霓裳》之时，小生曾傍着宫墙，细细窃听。已将铁笛偷写数段。只是未得全谱，各处访求，无有知者。今日幸遇老丈，不识肯赐教否？（末）既遇知音，何惜末技。（小生）如此多感，请问尊寓何处？

（末）穷途流落，尚乏居停。（小生）屈到舍下暂住，细细请教何如？

（末）如此甚好。

【煞尾】俺一似惊乌绕树向空枝外，谁承望做旧燕寻巢入画栋来。今日个知音喜遇知音在，这相逢，异哉！恁相投，快哉！李官人呵，待我慢慢的传与你这一曲《霓裳》播千载。

（末）桃蹊柳陌好经过，（张籍）
（小生）聊复回车访薜萝。（白居易）
（末）今日知音一留听，（刘禹锡）
（小生）江南无处不闻歌。（顾况）

注释

[1] 鹫峰寺：寺名。在今南京钞库街南青溪旁。

[2] 揣羞脸：用衣袖把脸遮掩起来。

[3] 那里是高渐离击筑悲歌：高渐离的友人荆轲去刺秦王，送别时，高渐离击筑（古代一种乐器）送行，荆轲唱“风萧萧兮易水寒，壮士一去兮不复还”。高渐离，战国末燕国人。

[4] 倒做了伍子胥吹箫也那乞丐：楚王害死了伍子胥的父兄，他为复仇逃到吴国，相传曾沦落到在吴国吹箫乞讨食物。

[5] 兴庆：兴庆池，即龙池。在长安城内。

[6] 玩婵娟：赏月。婵娟，指代月亮。

[7] 六代：即东吴、东晋、宋、齐、梁、陈六朝。先后以南京为京都。

[8] 大古里：总是。

[9] 西调：名间曲调名。

[10] 选刷：挑选。

[11] 欢无那：无比欢喜。

[12] 评跋：品评选拔。

[13] 佚貌：美丽的容貌。

[14] 风标：风采。

[15] 海峤：海上的山。

[16] 镇日：整天。

[17] 翡翠：鸟名。
[18] 颠不剌懵不剌：颠三倒四，糊里糊涂。不剌，本身无意义。
[19] 百支支：形容话多。
[20] 宫商细按：认真仔细地推敲音乐。
[21] 双鬟：指宫女。
[22] 缑岭：即缑山。在今河南偃师市东南。
[23] 庙谟：朝廷的谋划。
[24] 划地里：平白地。
[25] 挨挨拶拶：挨挨挤挤。
[26] 蠨蛸：虫名。一种脚很长的蜘蛛。
[27] 烧刀子：烧酒。

第三十九出　私　祭

【南吕引子·小女冠子】(老旦、贴道扮同上)(老旦)旧时云髻抛宫样,(贴)依古观共焚香。(合)叹夜来风雨催花葬,洗心好细翻经藏。

(老旦)寂寂云房[1]掩竹扃,(贴)春泉漱玉响泠泠。(老旦)舞衣施尽馀香在,(贴)日向花前学诵经。(老旦)吾乃天宝旧官人永新是也。与念奴妹子,逃难出宫,直至金陵,在女贞观中做了女道士。且喜十分幽静,尽可修持。此间观主,昨自西京购请道藏回来。今日天气晴和,着我二人检晒经函。且索细细翻阅则个。(场上先设经桌,老旦、贴同作翻介)

【双调过曲·孝南枝】【孝顺歌】金函启,玉案张,临风细翻春昼长。只见尘影弄晴光,灵花满空降。(老旦)想当日在宫中,听娘娘教白鹦哥念诵《心经》。若是早能学道,倒也免了马嵬之难。(贴)那热闹之时,那个肯想到此。(老旦)便是昨日听得观主说,马嵬坡酒家拾得娘娘锦袜一只,还有游人出钱求看哩,何况生前!(合)枉了雪衣[2]提唱。是色非空,谁观法相?【锁南枝】赢得锦袜香残,犹动行人想。(杂扮道姑捧茶上)"玉经日下晒,香茗雨前烹。"二位仙姑,检经困乏了,观主教我送茶在此。(老旦、贴)劳动了。(作饮茶介)(杂)呵呀,一片黑云起来,要下雨哩。(老旦、贴)快把经函收拾罢。(作收拾介)(杂)你看莺乱飞,草正芳,恰好应清明雨飘荡。

(下)(场上收经桌介)(老旦)不是小道姑说起,倒忘了今日是清明佳节哩。此时家家扫墓,户户烧钱。妹子,我与你向受娘娘之恩,无从报答。就把一陌纸钱,一杯清茗,遥望长安哭奠一番。多少是好。(贴)姐姐,这是当得的,待我写个牌位儿供养。(作写位供介)(同拜哭介)娘娘呵,

【前腔】想着你恩难罄,恨怎忘,风流陡然没下场。那里是西子送吴亡,错冤作宗周为褒丧[3]。(贴)呀,庭下牡丹,雨中开了一朵。此花最

是娘娘所爱，不免折来供在位前。（合）名花无恙，倾国佳人，先归黄壤。总有麦饭香醪，浇不到孤坟上。（哭叫介）我那娘娘嗄，只落得望断眸，叫断肠，泪如泉，哭声放！（暗下）

【锁南枝】（末行上）江南路，偶踏芳，花间雨过沾客裳。老汉李龟年，幸遇李謩官人，相留在家。今日清明佳节，出门闲步一回。却好撞着风雨。懊恨故国云迷，白首低难望。且喜一所道院在此，不免进去避雨片时。（作进介）松影闲，鹤唳长，且自暂徘徊石坛上。

你看座列群真，经藏万卷，好不庄严也。（作看牌念介）皇唐贵妃杨娘娘灵位。（哭介）哎哟，杨娘娘，不想这里颠倒[4]有人供养！（拜介）

【前腔】【换头】一朝把身丧，千秋抱恨长。（老旦、贴一面上）那个啼哭？（作看惊介）这人好似李师父的模样，怎生到此？（末）恨杀六军跋扈，生逼得君后分离，奇变惊天壤。可怜小人李龟年，（老旦、贴）原来果是李师父，（末）不能够逢令节，奠一觞，没揣的过仙宫，拜灵爽。

（老旦、贴出见介）李师父，弟子每稽首。（末）姑姑是谁？（作惊认介）呀，莫非永、念二娘子么？（老旦、贴）正是。（各泪介）（末）你两个几时到此？（老旦、贴）师父请坐。我每去年逃难南来，出家在此。师父因何也到这里？（末）我也因逃难，流落江南。前在鹫峰寺中，遇着李謩官人，承他款留到家，不想又遇你二人。（老旦、贴）那个李謩官人？（末）说起也奇。当日我与你每在朝元阁上演习《霓裳》。不想这李官人，就在宫墙外面窃听。把铁笛来偷记新声数段。如今要我传授全谱，故此相留。（老旦、贴悲介）唉，《霓裳》一曲倒得流传，不想制谱之人已归地下，连我每演曲的也都流落他乡。好伤感人也。（各悲介）（老旦、贴）

【供玉枝】【五供养】言之痛伤，记侍坐华清，同演《霓裳》。玉纤抄秘谱，檀口教新腔。【玉交枝】他今日青青墓头新草长，我飘飘陌路杨花荡。【五供养】（合）蓦地相逢处各沾裳，【月上海棠】白首红颜，对话兴亡。

（末）且喜天色晴霁，我告辞了。（老旦、贴）且自消停。请问师父，梨园旧人，都怎么样了？（末）贺老与我同行，途中病故；黄幡绰随驾去了；马仙期陷在城中，不知下落；只有雷海青骂贼而死。

【前腔】追思上皇，泽遍梨园，若个[5]能偿！（泣介）那雷老呵，他忠魂昭白日，羞杀我遗老泣斜阳。（老旦、贴）师父，可晓得秦、虢二夫人都被乱兵杀死了？（末）便是。朱门丽人都可伤，长安曲水谁游赏。（合）蓦地相逢处各沾裳。白首红颜，对话兴亡。

（老旦、贴）不知万岁爷，何日回銮？（末）李官人向在西京，近因郭元帅复了长安，兵戈宁息，方始得归。想上皇不日也就回銮了。（老旦、贴）如此，谢天地。（末）日晚途遥，就此去了。（老旦、贴）待与娘娘焚了纸钱，素斋少叙。

（末）南来今只一身存，（韩愈）
（老、贴）新换霓裳月色裙。（王建）
（末）人世几回伤往事，（刘禹锡）
（老、贴）落花时节又逢君。（杜甫）

注释

[1] 云房：道士居住的地方。

[2] 雪衣：相传是杨贵妃宠爱的白鹦鹉的名字。

[3] 宗周为褒丧：传说周幽王因过于宠爱妃子褒姒，不管政事，导致亡国。《诗经·小雅·正月》："赫赫宗周，褒姒威之。"

[4] 颠倒：反倒。

[5] 若个：哪个。

第四十出　仙　忆

【南吕引子·挂真儿】（旦扮仙、老旦扮仙女随上）驾鹤骖鸾去不返，空回首天上人间。端正楼[1]头，长生殿里，往事关情无限。

【浣溪纱】"缥缈云深锁玉房，初归仙籍意茫茫。回头未免费思量。忽见瑶阶琪树里，彩鸾栖处影双双。几番抛却又牵肠。"我杨玉环，幸蒙玉旨，复位仙班，仍居蓬莱山太真院中。只是定情之物，身不暂离，七夕之盟，心难相负。提起来好不话长也！

【高平过曲·九回肠】【解三酲】没奈何一时分散，那其间多少相关。死和生割不断情肠绊，空堆积恨如山。他那里思牵旧缘愁不了，俺这里泪滴残魂血未干，空嗟叹。【三学士】不成比目先遭难，拆鸳鸯说甚仙班。（出钗盒看介）看了这金钗钿盒情犹在，早难道地久天长盟竟寒。【急三枪】何时得青鸾便，把缘重续，人重会，两下诉愁烦！

（贴上）"试上蓬莱山顶望，海波清浅鹤飞来。"自家寒簧[2]，奉月主娘娘之命，与太真玉妃索取《霓裳》新谱。来此已是，不免径入。（进见介）玉妃，稽首。（旦）仙子何来？（贴笑介）玉妃还认得我寒簧么？（旦想介）哦，莫非是月中仙子？（贴）然也。（旦）请坐了。（贴坐介）（旦）梦中一别，不觉数年。今日远临，乞道来意。（贴）玉妃听启，

【清商七犯】【簇御林】只为《霓裳》乐，在广寒，羡灵心，将谱细翻。特奉月主娘娘之命，【莺啼序】访知音远叩蓬山，借当年图谱亲看。（旦）原来为此。当日幸从梦里获听仙音，虽然摹入管弦，尚愧依稀错误。【高阳台】何烦蟾宫谬把遗调拣，我寻思起转自潸潸。（泪介）（贴）呀，玉妃为何掉下泪来？（旦）【降黄龙】痛我历劫遭磨，宫冷商残，【二郎神】朱弦已断，羞将此调重弹。烦仙子转奏月主，说我尘凡旧谱，不堪应命。伏乞矜宥[3]。（贴）玉妃休得固拒，我月主娘娘呵，慕你聪明绝世罕，【集贤宾】度新声占断人间。求观恨晚，休辜负云中青盼。（旦）既蒙月

主下访，前到仙山，偶然追忆，写出一本在此。（贴）如此甚好。（旦）侍儿，可去取来。（老应下，取上）谱在此。（旦接介）仙子，谱虽取到，只是还须誊写才好。（贴）为何？（旦）你看呵，【黄莺儿】字阑珊，模糊断续，都染就泪痕斑。

（贴）这却不妨。（旦付谱介）如此，即烦呈上月主，说梦中窃记，音节多讹，还求改正。（贴）领命，就此告别。（贴持谱下）（旦）侍儿闭上洞门，随我进来。（老应随下）

（贴）从初直到曲成时，（王建）
（旦）争得姮娥子细知。（唐彦谦）
（贴）莫怪殷勤悲此曲，（刘禹锡）
（旦）月中流艳与谁期？（李商隐）

注释

[1] 端正楼：《杨太真外传》：“华清宫有端正楼，即贵妃梳洗之所。”

[2] 寒簧：仙女名，偶因一笑下罚人间。叶绍袁《午梦堂集续窈闻记》：“寒簧偶以书生狂言不觉心动失笑，实则既示现后即已深悔，断不愿谪人间行鄙亵事。然上界已切责其七笑，故来；因复自悔，故来而不兴合也。”

[3] 矜宥：怜悯，宽恕。《后汉书·刘恺传》：“宜蒙矜宥，全其先功。”

第四十一出　见　月

【仙吕入双调过曲·双玉供】【玉胞肚】（杂扮四将、二内侍，引生骑马、丑随行上）（合）重华[1]迎待，促归程，把回銮仗排。离南京不听鹃啼，怕西京尚有鸿哀[2]。【五供养】喜山河未改，复睹这皇图风采。（众百姓上，跪接介）扶风百姓迎接老万岁爷。（生）生受你每，回去罢。（百姓叩头呼"万岁"下）（生众行介）【玉胞肚】纷纷父老竞拦街，叩首齐呼"万岁"来。

（丑）启万岁爷，天色已晚，请銮舆就在凤仪宫驻跸。（生下马介）众军士，外厢伺候。（军）领旨。（下）（生进介）高力士，此去马嵬，还有多少路？（丑）只有一百多里了。（生）前已传旨，令该地方官建造妃子新坟，你可星夜前往，催督工程，候朕到时改葬。（丑）领旨。"暂辞凤仪去，先向马嵬行。"（下）（内侍暗下）（生）"西川出狩乍东归，驻跸离宫对夕晖。记得去年[3]尝麦饭，一回追想一沾衣。"寡人自幸蜀中，不觉一载有馀。幸喜西京恢复，回到此间。你看离宫寥寂，暮景苍凉。好伤感人也！

【摊破金字令】黄昏近也，庭院凝微霭，清宵静也，钟漏沉虚籁。一个愁人有谁偢睬，已自难消难受，那堪墙外，又推将这轮明月来。寂寂照空阶，凄凄浸碧苔。独步增哀，双泪频揩，千思万量没布摆。

寡人对着这轮明月，想起妃子冷骨荒坟，愈觉伤心也！

【夜雨打梧桐】霜般白，雪样皑，照不到冷坟台。好伤怀，独向婵娟陪待。蓦地回思当日，与你偶尔离开，一时半刻也难挨，何况是今朝永隔幽冥界。（泣介）我那妃子呵，当初与你钗、盒定情，岂料遂为殉葬之物。欢娱不再，只这盒钗，怎不向人间守，翻教地下埋。

（叹介）咳，妃子，妃子，想你生前音容如昨，教我怎生忘记也！

【摊破金字令】【换头】休说他娇颦妍笑，风流不复偕，就是赪颜[4]微怒，泪眼慵抬，便千金何处买。纵别有佳人，一般姿态，怎似伊情投意解，恰可人怀。思量到此呆打孩[5]。我想妃子既殁，朕此一身虽生犹死，倘得死后重逢，可不强如独活。孤独愧形骸，馀生死亦该。惟只愿速离尘埃，早赴泉台，和伊地中将连理栽。

记得当年七夕，与妃子同祝女牛，共成密誓。岂知今宵月下，单留朕一人在此也！

【夜雨打梧桐】长生殿，曾下阶，细语倚香腮。两情谐，愿结生生恩爱。谁想那夜双星同照，此夕孤月重来。时移境易人事改。月儿，月儿，我想密誓之时，你也一同听见的！记鹊桥河畔，也有你姮娥在，如何厮赖[6]！索应该撺掇[7]他牛和女，完成咱盒共钗。

（内侍上）夜色已深，请万岁爷进宫安息。

（生）银河漾漾月辉辉，（崔橹）
万乘凄凉蜀路归。（崔道融）
香散艳消如一梦，（王遒）
离魂渐逐杜鹃飞。（韦庄）

注释

[1] 重华：虞舜的美称。《书·舜典》：“曰若稽古帝舜，曰重华，协于帝。”舜目重瞳，故称。后指帝王。这里指唐肃宗。

[2] 鸿哀：比喻百姓流离失所，生活悲苦。

[3] 去年：指唐明皇于至德元年奔蜀。

[4] 赪颜：脸红。韩愈《朝归》：“顾影听其声，赪颜汗渐背。”

[5] 呆打孩：发呆。

[6] 厮赖：抵赖。

[7] 撺掇：怂恿，教唆。

第四十二出　驿　备

【越调过曲·梨花儿】（副净扮驿丞上）我做驿丞没傝㑊[1]，缺供应付常吃打。今朝驾到不是耍，嗏，若有差迟便拿去杀。

自家马嵬驿丞，从小衙门办役。考了杂职行头[2]，挖选马嵬大驿。虽然陆路冲繁，却喜津贴饶溢。送分例[3]，落下[4]些折头；造销算，开除[5]些马匹。日支正项俸薪，还要月扣衙门工食。怕的是公史承差，吓的是徒犯驿卒。求买免，设定常规[6]；比月钱，百般威逼。及至摆站缺人，常把屁都急出。今更有大事临头，太上皇来此驻跸。连忙唤各色匠人，将驿舍周围收拾，又因改葬贵妃娘娘，重把坟茔建立。恐土工窥见玉体，要另选女工四百。报道高公公已到，催办工程紧急。若还误了些儿，（弹纱帽介）怕此头要短一尺。（末扮驿卒上）（见介）老爹，我已将各匠催齐，你放心，不须忧戚。（副净）还有女工呢？（末）现有四百女工，都在驿门齐集。（副净）快唤进来。（末唤介）女工每走动。（贴、净、杂扮村妇，丑短须女扮，各携锹锄上）"本是村庄妇，来充埋筑人。"（见介）女工每叩头。（末）起来点名。（副净点介）周二妈。（净应）（副净）吴姥姥。（贴应）（副净）郑胖姑。（杂应）（副净）尤大姐。（丑掩口作娇声应介）（副净作细看介）咦，怎么这个女工掩着了嘴答应，一定有些蹊跷。驿子与我看来。（末应扯丑手开看介）老爹，是个胡子。（副净）是男，是女？（丑）是女。（副净）女人的胡子，那里有生在嘴上的，我不信。驿子，再把他裤裆里搜一搜。（末应作搜丑，诨介）老爹，这胡子是假充女工的。（副净）哎呀，了不得，这是上用钦工，非同小可。亏得我老爹精细，若待皇帝看见，险些把我这颗头，断送在你胡子嘴上了。好打，好打。（丑）只因老爹这里催得紧，本村凑得三百九十九名，单单少了一名，故此权来充数，明日另换便了。（副净）也罢，快打出去。（末应，打丑下）（副净看众笑介）如今我老爹疑心起来，只怕

连你每也不是女人哩。（众笑介）我每都是女人。（副净）口说无凭，我老爹只要用手来大家摸一摸，才信哩。（作捞摸，众作躲避走笑介）（净）笑你老爹好长手，（杂）刚刚摸着一个鬏髻帚。（副净）弄了一手白蓥香，（贴）拿去房中好下酒。（诨介）（老旦一面上）“欲将锦袜献天子，权把铧锹充女工。”老身王嬷嬷，自从拾得杨娘娘锦袜，过客争求一看，赚了许多钱钞。目今闻说老万岁爷回来，一则收藏禁物，恐有祸端，二则将此锦袜献上，或有重赏，也未可知。恰好驿中命报女工，要去搀上一名。葬完就好进献，来此已是驿前了。（末上见介）你这老婆子，那里来的？（老旦）来投充女工的。（末）住着。（进介）老爹，有一个投充女工的老婆子在外。（副净）唤进来。（末出，唤老旦进见介）（副净）你是投充女工的么？（老旦）正是。（副净）我看你年纪老了些，怕做不得工。只是现少一名，急切里没有人，就把你顶上罢。你叫甚名字？（老旦）叫作王嬷嬷。（副净）好，好！恰好周、吴、郑、王四人。你四人就做个工头，每一人管领女工九十九人。住在驿中操演，伺候驾到便了。（众）晓得。（作各见诨介）（副净）你每各拿了锹锄，待我老爹亲自教演一番。（众应各拿锹锄，副净作教演势，众学介）（副净）

【亭前柳】锹镢手中拿，挖掘要如法。莫教侵玉体，仔细拨黄沙。（合）大家、演习须熟滑，此奉钦遵[7]，切休得有争差。

（众）老爹，我每呵，

【前腔】田舍业桑麻，惯见弄泥沙。小心齐用力，怎敢告消乏[8]。（合）大家，演习须熟滑，此奉钦遵，切休得有争差。

（副净）且到里边连夜操演去。（众应介）

玉颜虚掩马嵬尘，（高骈）
云雨虽亡日月新。（郑畋）
晓向平原陈祭礼，（方干）
共瞻銮驾重来巡。（僧广宣）

注释

[1] 没傝僬：没出息。

[2] 行头：指役吏中的首领。

[3] 分例：分例钱，下级役吏照规矩送给上级役吏的钱，其实是贪污所得。

[4] 落下：私自扣下一些钱给自己。下级役吏送给上级役吏分例钱，驿丞在经手时自己扣下了一部分。

[5] 开除：虚报。

[6] “求买免”两句：被差往别处的役吏，要想免役，可以按规矩依路程远近，给驿丞银钱。

[7] 钦遵：恭敬遵奉，古时臣子说遵奉圣旨的套语。《清会典事例·宗人府·授官》：“着宗人府，即将此旨通谕各族长学长，一体钦遵。”

[8] 消乏：疲乏。

第四十三出　改　葬

【商调引子·忆秦娥】（生引二内侍上）伤心处，天旋日转回龙驭[1]。回龙驭，踟蹰到此，不能归去。

寡人自蜀回銮，痛伤妃子仓卒捐生，未成礼葬。特传旨另备珠襦玉匣[2]，改建坟茔，待朕亲临迁葬，因此驻跸马嵬驿中。（泪介）对着这佛堂梨树，好凄惨人也！

【商调过曲·山坡羊】恨悠悠江山如故，痛生生游魂血污。冷清清佛堂半间，绿阴阴一本梨花树。空自吁，怕夜台人更苦。那里有珮环夜月归朱户，也慢想颜面春风识画图。（丑暗上）（见介）奴婢奉旨，筑造贵妃娘娘新坟，俱已齐备。请万岁爷亲临启墓。（生）传旨起驾。（丑）领旨。（传介）军士每，排驾。（杂扮军士上，引行介）“马嵬坡下泥土中，不见玉容空死处。”（到介）（丑）启万岁爷，这白杨树下，就是娘娘埋葬之处了。（生）你看蔓草春深，悲风日薄。妃子，妃子，兀的不痛杀寡人也。（哭介）号呼，叫声声魂在无？欷歔，哭哀哀泪渐枯。

（老旦、杂、贴、净四女工带锄上）（老旦）老万岁爷来了。我每快些前去，伺候开坟。（丑）你每都是女工么？（众应介）（丑启生介）女工每到齐了。（生）传旨，军士回避。高力士，你去监督女工，小心开掘。（丑应传介）（军士下）（众女工作掘介）（众）

【水红花】向高冈一谜下锹锄，认当初，白杨一树。怕香销翠冷伴蚍蜉[3]，粉肌枯，玉容难睹。（众惊介）掘下三尺，只有一个空穴，并不见娘娘玉体！早难道为云为雨，飞去影都无，但只有芳香四散袭人裾也罗。

（净）呀，是一个香囊。（丑）取来看。（净递囊，丑接看哭介）我那娘娘呵，你每且到那厢伺候去。（众应下）（丑启生介）启万岁爷，墓已启开，却是空穴。连裹身的锦褥和殉葬的金钗、钿盒都不见了。只有一个香囊在此。（生）有这等事。（接囊看，大哭介）呀，这香囊乃当日妃子生辰，在长生殿上试舞《霓裳》，赐与他的。我那妃子呵，你如今却在何处也！

【山坡羊】惨凄凄一匡空墓，杳冥冥玉人何去？便做虚飘飘锦褥儿化尘，怎那硬撑撑钗盒也无寻处。空剩取香囊犹在土。寻思不解缘何故，恨不得唤起山神责问渠。（想介）高力士，你敢记差了么？（丑）奴婢当日，曾削杨树半边，题字为记。如何得差！（生）敢是被人发掘了？（丑）若经发掘，怎得留下香囊？（生呆想不语介）（丑）奴婢想来，自古神仙多有尸解之事。或者娘娘尸解仙去，也未可知。即如桥山[4]陵寝，止葬黄帝衣冠。这香囊原是娘娘临终所佩，将来葬入新坟之内，也是一般了。（生）说的有理。高力士，就将这香囊裹以珠襦，盛以玉匣，依礼安葬便了。（丑）领旨。（生哭介）号呼，叫声声魂在无？欷歔，哭哀哀泪渐枯。

（丑持囊出介）（作盛囊入匣介）香囊盛放停当，女工每那里？（众上）（丑）你每把这玉匣，放在墓中，快些封起坟来。（众作筑坟介）

【水红花】当时花貌与香躯，化虚无，一抔空墓；今朝玉匣与珠襦，费工夫，重泉深锢。更立新碑一统，细把泪痕书。从今流恨满山隅也罗。

（丑）坟已封完，每人赏钱一贯。去罢。（众谢赏，叩头介）（净、贴、杂先下）（丑问老旦介）你这婆子，为何不去？（老旦）禀上公公：老妇人旧年在马嵬坡下，拾得杨娘娘锦袜一只，带来献上老万岁爷。（丑）待我与你启奏。（见生介）启万岁爷，有个女工，说拾得杨娘娘锦袜一只，带来献上。（生）快宣过来。（丑唤老旦进见介）婢子叩见老万岁爷。（献袜介）（生）取上来。（丑取送生介）（老旦起立介）（生看，哭介）呀，果然是妃子的锦袜，你看芳香未散，莲印犹存。我那妃子呵，（哭介）

【山坡羊】俊弯弯一钩重睹，暗蒙蒙馀香犹度。袅亭亭记当年翠盘，瘦尖尖稳逐红鸳舞。还忆取，深宵残醉馀，梦酣春透勾人觑。今日里空伴香囊留恨俱。（哭介）号呼，叫声声魂在无？欷歔，哭哀哀泪渐枯。

高力士，赐他金钱五千贯，就着在此看守贵妃坟墓。（老旦叩头介）多谢老万岁爷。（起出看锄介）"无心再学持锄女，有钞甘为守墓人。"（下）（外引四军上）"见辟乾坤新定位，看题日月更高悬。"（见介）臣朔方节度使郭子仪，钦奉上命，带领卤簿，恭迎太上皇圣驾。

（生）卿荡平逆寇，收复神京。宗庙重新，乾坤再造，真不世之功也。（外）臣忝为大帅，破贼已迟。负罪不遑，何功之有！（生）卿说那里话来！高力士，吩咐起行。（丑）领旨。（传介）（生更吉服介）（众引生行介）

【水红花】五云芝盖簇銮舆，返皇都，旌旗溢路。黄童白叟共相扶，尽欢呼，天颜重睹。从此新丰行乐，少帝奉兴居[5]。千秋万载巩皇图也罗。

肠断将军[6]改葬归，（徐夤）
下山回马尚迟迟。（杜牧）
经过此地千年恨，（刘沧）
空有香囊和泪滋。（郑嵎）

注释

[1] 天旋日转回龙驭：天旋日转，大乱敉平，唐室中兴。回龙驭，皇帝返驾。

[2] 珠襦玉匣：指古代帝王、后妃和诸侯王的葬服。《西京杂记》：“汉帝送死皆珠襦玉匣，匣形如铠甲，连以金缕……匣上皆缕为蛟龙鸾凤龟麟之象，世谓为蛟龙玉匣。”

[3] 蚍蜉：大蚂蚁。韩愈《调张籍》：“蚍蜉撼大树，可笑不自量。”

[4] 桥山：桥陵，在今陕西省中部县。因沮水穿山而过，形状像桥，故称。

[5]“从此新丰行乐”两句：刘邦称帝定都长安，因他的父亲很想念故乡丰邑，他就在陕西建了一座街道和丰邑一样的城市，并将父亲的老乡迁移了一些过来。这座城市就叫新丰。

[6] 将军：这里指骠骑大将军太监高力士。

第四十四出　怂　合

【南吕引子·阮郎归】（小生上）碧梧天上叶初飞，秋风又报期。云中遥望鹊桥齐，隔河影半迷。

“岂是仙家好别离，故教迢递作佳期。只缘碧落银河畔，好在金风玉露时[1]。”吾乃牵牛是也。今当下界上元二年七月七夕，天孙将次渡河，因此先在河边伺候。记得天宝十载，吾与天孙相会之时，见唐天子与贵妃杨玉环，在长生殿上拜祷设誓，愿世世为夫妇。岂料转眼之间，把玉环生生断送，好不可怜人也。

【南吕过曲·香遍满】佳人绝世，千秋第一冤祸奇。把无限绸缪轻抛弃，可怜非得已。死生无见期，空留万种悲，枉罚下多情誓。

【朝天懒】【朝天子】（贴引杂扮二仙女上）好会年年天上期，不似尘缘浅，有变移。【水红花】见仙郎河畔独徘徊，把驾频催。（杂报介）天孙到。（小生迎介）天孙来了。（同织女对拜介）（合）【懒画眉】相逢一笑深深拜，隔岁离情各自知。

（小生）天孙，请同到斗牛宫去。（携贴行介）携手步云中，（贴）仙裾扬好风。（合）河明乌鹊渚，星聚斗牛宫。（到介）（杂暗下）（小生）天孙请坐。（坐介）

【二犯梧桐树】【金梧桐】琼花绕绣帷，霞锦摇珠珮。（贴合）斗府星宫，岁岁今宵会。【梧桐树】银河碧落神仙配，地久天长，岂但朝朝暮暮期。【五更转】愿教他人世上夫妻辈，都似我和伊，永远成双作对。

（小生）天孙，

【浣溪纱】你且慢提，人间世，有一处怎偏忘记？（贴）忘了何处？（小生）可记得长生殿里人一对，曾向我焚香密誓齐。（贴）此李三郎与杨玉环之事也，我怎不记得。（小生）天孙既然记得，须念彼，堕万古伤心地，他愿世世生生，忍教中路分离。

（贴）提记玉环之事，委实可伤。我前因马嵬土地之奏，

【刘泼帽】念他独抱情无际，死和生守定不移，含冤流落幽冥地。因此呵，为他奏玉墀，令再证蓬莱位。

（小生笑介）天孙虽则如此，只是他呵，

【秋夜月】做玉妃，不过群仙队，寡鹄孤鸾白云内，何如并翼鸳鸯美。念盟言在彼，与圆成仗你。

（贴）仙郎，我岂不欲为他重续断缘。只是李三郎呵，

【东瓯令】他情轻断，誓先隳[2]，那玉环呵，一个钟情枉自痴。从来薄幸男儿辈，多负了佳人意。伯劳东去燕西飞[3]，怎使做双栖！

（小生）天孙所言，李三郎自应知罪。但是当日马嵬之变呵，

【金莲子】国事危，君王有令也反抗逼，怎救的，佳人命摧。想今日也不知怎生般悔恨与伤悲。

（贴）仙郎恁般说，李三郎罪有可原。他若果有悔心，再为证完前誓便了。（二杂上）启娘娘，天鸡将唱，请娘娘渡河。（贴）就此告辞。（小生）河边相送。（携手行介）

【尾声】没来由将他人情事闲评议，把这度良宵虚废。唉，李三郎、杨玉环，可知俺破一夜工夫都为着你！

云阶月地一相过，（杜牧）
争奈闲思往事何。（白居易）
一自仙娥归碧落，（刘沧）
千秋休恨马嵬坡。（徐夤）

注释

[1] “岂是仙家好别离”两句：语出李商隐《辛未七夕》，文字略有改动。

[2] 隳：毁，毁坏。《吕氏春秋·顺说》：“刈人之颈，刳人之腹，隳人之城郭，刑人之父子也。”

[3] 伯劳东去燕西飞：比喻两人分离。《东飞伯劳歌》：“东飞伯劳西飞燕。”伯劳，鸟名。

第四十五出　雨　梦

【越调引子·霜天晓角】(生上)愁深梦杳，白发添多少？最苦佳人逝早，伤独夜，恨闲宵。

“不堪闲夜雨声频，一念重泉[1]一怆神。挑尽灯花眠不得，凄凉南内[2]更何人。”朕自幸蜀还京，退居南内，每日只是思想妃子。前在马嵬改葬，指望一睹遗容，不想变为空穴，只剩香囊一个。不知果然尸解，还是玉化香消？徒然展转寻思，怎得见他一面？今夜对着这一庭苦雨、半壁愁灯，好不凄凉人也！

【越调过曲·小桃红】冷风掠雨战长宵，听点点都向那梧桐哨也。萧萧飒飒，一齐暗把乱愁敲，才住了又还飘。那堪是风帏空，串烟销，人独坐，厮凑[3]着孤灯照也，恨同听没个娇娆。(泪介)猛想着旧欢娱，止不住泪痕交。

(内打初更介)(小生内唱、生作听介)呀，何处歌声，凄凄入耳，得非梨园旧人乎？不免到帘前，凭阑一听。(作起立凭阑介)此张野狐之声也[4]，且听他唱的是甚曲儿？(作一面听，一面欷歔掩泪介)(小生在场内立高处，唱介)

【下山虎】万山蜀道，古栈岧峣[5]。急雨催林杪，铎铃乱敲。似怨如愁，碎聒不了，响应空山魂暗消。一声儿忽慢袅，一声儿忽紧摇。无限伤心事，被他逗挑，写入清商传恨遥。

(内二鼓介)(生悲介)呀，原来是朕所制《雨淋铃》之曲。记昔朕在栈道，雨中闻铃声相应，痛念妃子，因采其声，制成此曲。今夜闻之，想起蜀道悲凄，愈加肠断也。

【五韵美】听淋铃，伤怀抱。凄凉万种新旧绕，把愁人禁虐[6]得十分恼。天荒地老，这种恨谁人知道。你听窗外雨声越发大了。疏还密，低复高，才合眼，又几阵窗前把人梦搅。

(丑上)“西宫南内多秋草，夜雨梧桐落叶时。”(见介)夜已深了，

请万岁爷安寝罢。(内三鼓介)(生)呀，漏鼓三交，且自隐几而卧。哎，今夜呵，知甚梦儿得到俺眼里来也！(仰哭介)

【哭相思】悠悠生死别经年，魂魄不曾来入梦。

(睡介)(丑)万岁爷睡了，咱家也去歇息儿咱。(虚下)(小生、副净扮二内侍带剑上)“幽情消未得，入梦感君王。”(向上跪介)万岁爷请醒来。(生作醒看介)你二人是那里来的？(小生、副净)奴婢奉杨娘娘之命，来请万岁爷。

【五般宜】只为当日个乱军中祸殃惨遭，悄地向人丛里换妆隐逃，因此上流落久蓬飘。(生惊喜介)呀，原来杨娘娘不曾死，如今却在那里？(小生、副净)为陛下朝想暮想，恨萦愁绕，因此把驿庭静扫，(叩头介)望銮舆幸早。说要把牛女会深盟，和君王续未了[7]。

(生泪介)朕为妃子百般思想，那晓得却在驿中。你二人快随朕前去，连夜迎回便了。(小生、副净)领旨。(引生行介)

【山麻秸】【换头】喜听说，如花貌，犹兀自现在人间，当面堪邀。忙教、潜出了御苑内夹城复道[8]，顾不得夜深人静，露凉风冷，月黑途遥。

(末上拦介)陛下久已安居南内，因何深夜微行，到那里去？(生惊介)

【蛮牌令】何处泼官僚，拦驾语哓哓？(末)臣乃陈元礼，陛下快请回宫。(生怒介)哇，陈元礼，你当日在马嵬驿中，暗激军士逼死贵妃，罪不容诛。今日又待来犯驾么？君臣全不顾，辄敢肆狂骁。(末)陛下若不回宫，只怕六军又将生变。(生)哇，陈元礼，你欺朕无权柄，闲居退朝。只逞你有威风，卒悍兵骄。法难恕，罪怎饶。叫内侍，快把这乱臣贼子首级悬枭[9]。

(小生、副净)领旨。(作拿末杀下，转介)启万岁爷，已到驿前了。请万岁爷进去。(暗下)(生进介)

【黑麻令】只见没多半空寮、废寮，冷清清临着这荒郊、远郊。内侍，娘娘在那里？(回顾介)呀，怎一个也不见了？单则听飒剌剌风摇、树摇，啾唧唧四壁寒蛩絮[10]，一片愁苗、怨苗。(哭介)哎哟，我那妃子呵，叫不出花娇、月娇，料多应形消、影消。(内鸣锣，生惊介)呀，好奇怪，一霎时连驿亭也都不见，倒来到曲江池上了。好一片大水也。不提防断砌、颓垣，翻做了惊涛、沸涛。

(望介)你看大水中间，又涌出一个怪物。猪首龙身，舞爪张牙，奔突而来。好怕人也！（内鸣锣，扮猪龙，项带铁索、跳上扑生，生惊奔，赶至原处睡介）（二金甲神执锤上，击猪龙喝介）咗，孽畜，好无礼！怎又逃出到此，惊犯圣驾，还不快去。（作牵猪龙，打下）（生作惊叫介）哎哟，唬杀我也。（丑急上，扶介）万岁爷，为何梦中大叫？（生作呆坐，定神介）高力士，外边甚么响？（丑）是梧桐上的雨声？（内打四更介）（生）

【江神子】【别体】我只道谁惊残梦飘，原来是乱雨萧萧。恨杀他枕边不肯相饶，声声点点到寒梢，只待把泼梧桐锯倒。

高力士，朕方才梦见两个内侍，说杨娘娘在马嵬驿中来请朕去。多应芳魂未散。朕想昔时汉武帝思念李夫人，有李少君为之召魂相见，今日岂无其人！你待天明，可即传旨，遍觅方士来与杨娘娘召魂。（丑）领旨。（内五鼓介）（生）

【尾声】纷纷泪点如珠掉，梧桐上雨声厮闹。只隔着一个窗儿直滴到晓。

半壁残灯闪闪明，（吴融）
雨中因想雨淋铃。（罗隐）
伤心一觉兴亡梦，（方壶居士）
直欲裁书问杳冥[11]。（魏朴）

注释

[1] 重泉：黄泉。这里指已死的杨贵妃。
[2] 南内：即兴庆宫。因其在大明宫之南，故称。
[3] 凑：挨近，靠拢。
[4] 此张野狐之声也：《杨太真外传》："又至斜谷口，属霖雨涉旬，于栈道雨中闻铃声隔山相应。上既悼念贵妃，因采其声为《雨淋铃》曲，以寄恨焉……至德中，复幸华清宫。从官嫔御，多非旧人。上于望京楼下命张野狐奏《雨淋铃》曲。曲半，上四顾凄凉，不觉流涕。"张野狐，即张徽，梨园子弟。
[5] 岧峣：形容山高峻。
[6] 禁虐：缠扰，害得。

[7] 续未了：继续未了的姻缘。

[8] 夹城复道：两墙之间的通道。这里指唐明皇从西苑到南内、曲江筑有夹城。在里面行走，外人看不见。

[9] 悬枭：古代一种死刑，即斩首。把头悬在木杆上示众。

[10] 蛩絮：蟋蟀鸣叫。蛩，蟋蟀。王维《早秋山中作》：“草间蛩响临秋急，山里蝉声薄暮悲。”

[11] 杳冥：极远的地方。江淹《从冠军建平王登庐山香炉峰》：“绛气下萦薄，白云上杳冥。”这里指杨玉环灵魂所在的地方。

第四十六出　觅　魂

（净扮道士，小生、贴扮道童，执幡引上）“临邛[1]道士鸿都客，能以精诚致魂魄。为感君王展转思，便教遍处殷勤觅。”贫道杨通幽是也。籍隶丹台，名登紫箓[2]。呼风掣电，御气天门。摄鬼招魂，游神地府。只为太上皇帝思念杨妃，遍访异人召魂相见。俺因此应诏而来。太上皇十分欢喜，诏于东华门内，依科行法。已曾结就法坛，今晚登坛宣召。童儿，随我到坛上去来。（童捧剑、水同行科）（净）

【北仙吕·点绛唇】仔为他一点情缘，死生衔怨。思重见，凭着咱道力无边，特地把神通显。

（场上建高坛科）（小生、贴）已到坛了。（净）是好一座法坛也。

【混江龙】这坛本在虚空辟建，象涵太极法先天。无中有阴阳攒聚，有中无水火陶甄。（童）基址从何而立？（净）基址呵，遣五丁[3]，差六甲[4]，运戊己[5]中央当下立。（童）用何工夫而成？（净）用工夫，养婴儿，调姹女[6]，配乙庚金木[7]刹那全。（童）坛上可有户牖？（净）户牖呵，对金鸡，朝玉兔[8]，坎离卯酉。（童）方向呢？（净）方向呵，镇黄庭，通紫极[9]，子午、坤乾。（童）这坛可有多少大？（净）虽只是倚方隅，占基阶，坛场咫尺，却可也纳须弥[10]，藏世界，道里由延[11]。（道）原来包罗恁宽！（净）上包着一周天三百六十躔度，内星辰日月。（童）想那分统处量也不小。（净）中分统四大洲[12]，亿万百千阎浮界[13]岳渎山川。（童）坛上谁听号令？（净）听号令，则那些无稽滞，司风、司火，司雷、司电。（童）谁供驱遣？（净）供驱遣，无非这有职掌，值时、值日，值月、值年。（童）绕坛有何景象？（净）半空中绕嘈嘈鸾吟凤啸，两壁厢列森森虎伏龙眠。端的是一尘不染，众妄都蠲。（童）若非吾师无边道力，安能建此无上法坛？（净）这全托赖着大唐朝君王福分，敢夸俺小鸿都道力精虔。（童）请吾师上坛去者。（内细乐，二童引净上坛科）（净）趁天风，随仙乐，双引着鸾旌高步斗。（内钟鼓科）（净）响金钟，鸣法鼓，恭擎象简回朝元。（童献香科）请吾师拈香。（净拈香科）这香呵，不数他西天竺旃檀林青狮窟，根蟠鹭鸶[14]，东洋海波斯国瑞龙脑形似蚕蝉[15]。结祥云，腾宝雾，直冲霄汉；透清微，萦碧落，普供真玄。第一炷，祝当今皇帝享无疆圣寿，保洪图社稷，巩国祚延绵。第二炷，愿疆场静，烽燧销，普天下各道、各州、各境里，民安盗息无征战；禾黍登，蚕桑茂，百姓每若老、若幼、若壮者，家封户给乐田园。第三炷，单只为死生分，情不灭，待凭这香头一点，温热了夜台魂；幽明隔，情难了，思倩此香烟百转，吹现出春风面。（童献花介）散花。（净散花科）这花呵，不学他老瞿昙[16]对迦叶糊涂笑捻，谩劳他诸天女访维摩诘[17]撒漫飞旋。俺特地采蘅芜[18]，踏穿阆苑，几度价寻怀梦摘遍琼田[19]。显神奇，要将他残英再接相思树，施伎俩，管教他落花重放并头莲。（童献灯科）献灯。（净捧灯科）这灯呵，烂辉辉灵光常向千秋照，灿荧荧心灯只为一情传。抵多少衡遥石怀中秘授，还形烛帐里高燃[20]。他则要续痴情，接上这残灯焰，俺可待点神灯，照彻那旧冤愆。（童献法盏科）请吾师咒水。（净捧水科）这水呵，曾游比目，曾泛双鸳。你漫道当日个如鱼也那得水，可知道到头来，水、米也没有半点交缠。数不尽情河爱海波终竭，似那等幻泡浮沤浪易掀。他只道曾经沧海难为水，怎如俺这一滴杨枝彻九泉[21]。（童）供养已毕，请问吾师如何行法召魂咱？（净）你与我把招魂衣摄，遗照图悬，龙墀净扫，凤幄高褰。等到那二更以后，三鼓之前，眠猧不吠，宿鸟无喧，叶宁树杪，虫息阶沿，露明星黯，月漏风穿，潜潜隐隐，冉冉翩翩，看步珊珊是耶非一个佳人现，才折证人间幽恨，地下残缘。

（内奏法音科）（丑捧青词[22]上）“九天青鸟使，一幅紫鸾书。”（进跪科）高力士奉太上皇之命，谨送青词到此。（童接词进上科）（净向丑拱科）中官，且请坛外少候片时。（丑应下）（净）

【油葫芦】俺子见御笔青词写凤笺，漫从头仔细展。单子为死离生别那婵娟，牢守定真情一点无更变。待想他芳魂两下重相见，俺索召李夫人[23]来帐中。煞强如西王母临殿前，稳情取汉刘郎[24]遂却心头愿，向今宵同款款话因缘。

（动法器科）（净作法、焚符念科）此道符章，鹤翥鸾翔，功曹符使，速莅坛场。（杂扮符官骑马舞下，见科）仙师，有何法旨？（净付符科）有烦使者，将此符命，速召贵妃杨氏阴魂到坛者。（杂接符科）领法旨。（作上马绕场下）（净）

【天下乐】俺只见力士黄巾去召宣，扬也波鞭不暂延。管教他闪阴风一灵儿勾向前。俺这里静悄悄坛上躬身等，他那里急煎煎宫中望眼穿。呀，怎多半日云头不见转？

为何此时还不到来，好疑惑也！

【那吒令】阔迢迢山前水前，望香魂渺然。黯沉沉星前月前，盼芳容杳然。冷清清阶前砌前，听灵踪悄然。不免再烧一道催符去者。（焚符科）蠢硃符不住烧，歹剑诀[25]空掐遍，枉念杀波没准的真言[26]。

（杂上见科）复仙师：小圣人间遍觅杨氏阴魂，无从召取。（净）符使且退。（杂）领法旨。（舞下）（净下坛科）童儿，请高公公相见者。（童向内请科）高公公有请。（丑上）"玉漏听长短，芳魂问有无。"（见科）仙师，杨娘娘可曾召到么？（净）方才符使到来，说娘娘无从召取。（丑）呀，如此怎生是好？（净）公公且去复旨，待贫道就在坛中，飞出元神，不论上天入地，好歹寻着娘娘。不出三日，定有消息回报。（丑）太上皇思念甚切，仙师是必[27]用意者。"且传方士语，去慰上皇情。"（下）（内细乐，净更鹤氅科）童儿在坛小心祗候，俺自打坐出神去也。（童）领法旨。（内鸣钟、鼓各二十四声，净上坛端坐，叩齿作闭目出神科）（童）你看我师出神去了。不免放下云帷，坛下伺候则个。（作放坛上帐幔，净暗下）（童）"坛上钟声静，天边云影闲。"（同下）（末扮道士元神从坛后转行上）

【鹊踏枝】暝子里出真元，抵多少梦游仙。俺则待踏破虚空，去访婵娟。贫道杨通幽，为许上皇寻觅杨妃魂魄，特出元神，到处遍求。如今先到那里去者？（思科）嗄，有了，且慢自叫阊阖[28]轻干玉殿，索先去赴幽冥大索黄泉。

来此已是酆都城了。（向内科）森罗殿上判官何在？（判跳上，小鬼随上）"善恶细分铁算子，古今不出大轮回。"仙师何事降临？（末）贫道特来寻觅大唐贵妃杨玉环鬼魂。（判）凡是宫嫔妃后，地府另有文册。仙师请坐，且待呈簿查看。（末坐科，鬼送册，判递册科）（末看科）

【寄生草】这是一本宫嫔册，历朝妃后编。有一个檿弧箕服把周宗殄[29]，有一个牝鸡野雉把刘宗煽[30]，有一个蛾眉狐媚把唐宗变[31]。好奇怪，看古今来椒房金屋尽标题，怎没有杨太真名字其中现。

地府既无，贫道去了。不免向天上寻觅一遭也。（虚下）（判跳舞上，鬼随下）（二仙女旌幢，引贴朝服，执拂上）“高引霓旌朝绛阙，缓移凤舄踏红云。”吾乃天孙织女，因向玉宸朝见，来到天门。前面一个道士来了，看是谁也？（末上）

【么篇】拔足才离地，飞神直上天。（见贴科）原来是织女娘娘，小道杨通幽叩首。（贴）通幽免礼，到此何事？（末）小道奉大唐太上皇之命，寻访玉环杨氏之魂。适从地府求之不得，特来天上找寻。谁知天上亦无，因此一径出来。若不是伴嫦娥共把蟾宫恋，多敢是趁双成同向瑶池现。（贴）通幽，那玉环之魂，原不在地下，不在天上也。（末）呀，早难道逐梁清[32]又受天曹谴，要寻那《霓裳》善舞的俊杨妃，倒做了留仙不住的乔飞燕。

（贴）通幽，杨妃既无觅处，你索自去复旨便了。（末）娘娘，复旨不难。不争[33]小道呵，

【后庭花滚】没来由向金銮出大言，运元神排空如电转。一口气许了他上下里寻花貌，莽担承向虚无中觅丽娟。（贴）谁教你弄嘴来？（末）非是俺没干缠，自寻驱遣，单则为老君王钟情生死坚，旧盟不弃捐。（贴）马嵬坡下既已碎玉揉香，还讨甚情来？（末）娘娘，休屈了人也。想当日乱纷纷乘舆值播迁，翻滚滚羽林生闹喧，恶狠狠兵骄将又专，焰腾腾威行虐肆煽，闹炒炒不由天子宣，昏惨惨结成妃后冤。扑剌剌生分开交颈鸳，格支支轻挦扯[34]并蒂莲，致使得娇怯怯游魂逐杜鹃。空落得哭哀哀悲啼咽楚猿。恨茫茫高和太华[35]连，泪漫漫平将沧海填。（贴）如今死生久隔，岁月频更，只怕此情也渐淡了。（末）那上皇呵，精诚积岁年，说不尽相思累万千。镇日家把娇容心坎镌，每日里将芳名口上编。听残铃剑阁悬，感衰梧秋雨传。暗伤心肺腑煎，漫销魂形影怜。对香囊呵惹恨绵，抱锦袜呵空泪涟，弄玉笛呵怀旧怨，拨琵琶呵忆断弦。坐凄凉，思乱缠，睡迷离，梦倒颠。一心儿痴不变，十分家病怎痊！痛娇花不再鲜，盼芳魂重至前。（贴）前夜牛郎曾为李三郎辨白，今听他说来，果如此情真。煞亦可怜人也！（末）小道呵，生怜

他意中人缘未全，打动俺闲中客情慢牵，因此上不辞他往返蹎，甘将这辛苦肩。猛可把泉台踏的穿，早又将穹苍磨的圆。谁知他做长风吹断鸢，似晴曦散晓烟。莽桃源寻不出花一片，冷巫山找不着云半边。好教俺向空中难将袖手展，伫云头惟有睁目延。百忙里幻不出春风图画面，捏不就名花倾国妍。若不得红颜重出现，怎教俺黄冠独自还！娘娘呵，则问他那精灵何处也天？

(贴)通幽，你若必要见他，待我指一个所在，与你去寻访者。(末稽首科)请问娘娘，玉环见在何处？

【青哥儿】谢娘娘与咱、与咱方便，把玉人消息消息亲传，得多少花有根芽水有源。则他落在谁边，望赐明言。我便疾到跟前，不敢留连。(贴)通幽，你不闻世界之外，别有世界，山川之内，另有山川么？(末)听说道世外山川，另有周旋，只不知洞府何天，问渡何缘？(贴)那东极巨海之外，有一仙山，名曰蓬莱。你到那里，便有杨妃消息了。(末)多谢娘娘指引。枉了上下俄延，都做了北辙南辕。元来只隔着弱水三千，溟渤风烟，在那麟凤洲[36]偏，蓬阆山巅。那里有蕙圃芝田，白鹿玄猿，琪树翩翩，瑶草芊芊，碧瓦雕甍，月馆云轩。楼阁蜿蜒，门闼勾连。隔断尘喧，合住神仙。(贴)虽这般说，只怕那里绝天涯，跨海角，途路遥远，你去不得。(末)哎，娘娘，他那里情深无底更绵绵，谅着这蓬山路何为远。

(贴)既如此，你自前去。咱“又闻人世无穷恨，待绾机丝补断缘”。(引仙女下)(末)不免御着天风，到海外仙山，找寻一遭去也。(作御风行科)

【煞尾】稳踏着白云轻，巧趁取罡风[37]便，把碗大沧溟跨展。回望齐州何处显，淡蒙蒙九点飞烟[38]。说话之间，早来到海东边，万仞峰巅。这的是三岛十洲[39]别洞天，俺只索绕清虚阆苑，到玲珑宫殿。是必破工夫找着那玉天仙。

与招魂魄上苍苍，（黄滔）
谁识蓬山不死乡？（赵嘏）
此去人寰知远近，（秦系）
五云遥指海中央。（韦庄）

注释

[1] 临邛：地名。在今四川邛崃市。

[2] 紫箓：道家的秘籍。

[3] 五丁：古代神话传说中古蜀国的五位力士。《水经注·沔水》引来敏《本蜀论》："秦惠王欲伐蜀而不知道，作五石牛，以金置尾下。言能屎金，蜀王负力，令五丁引之成道。"

[4] 六甲：道教神名。

[5] 戊己：土的代称。古以十干配五方，戊、己属中央，与五行相配，戊属土，故称。

[6]"养婴儿"两句：婴儿、姹女都是道家用语，可用来指丹汞。婴儿，指人的心血。姹女，指水银。

[7] 乙庚金木：乙、庚，属天干。金木，属五行。

[8]"对金鸡"两句：金鸡，指代日。玉兔，指代月。

[9]"镇黄庭"两句：黄庭，中央。紫极，天宫。

[10] 须弥：即须弥山。传说中古印度的山名。相传我们所住的世界中心是一座大山，叫须弥山。日月环绕此山回旋出没，三界诸天也依之层层建立。

[11] 由延：即由旬。古印度的长度单位。

[12] 四大洲：佛教所说的须弥山四方的四大洲。即东胜神洲、南赡部洲、西牛贺洲、北俱芦洲。

[13] 阎浮界：三千大千世界。泛指人世间。

[14] 西天竺旃檀林青狮窟根蟠鸑鷟：西天竺（西印度）青狮窟产的旃檀木，用它的根部做成的香料叫旃檀香。根蟠鸑鷟，根蟠成凤的形状，形容树很老。

[15] 东洋海波斯国瑞龙脑形似蚕蝉：《酉阳杂俎》卷一："交趾贡龙脑，如蝉蚕形。波斯言老龙脑树节方有，禁中呼为瑞龙脑。上惟赐贵妃十枚。"

[16] 瞿昙：古代天竺人的姓。这里指释迦牟尼，佛教创始人。旧时因释迦牟尼姓瞿昙，故常以瞿昙代表释迦牟尼。相传有一国王将金色波罗花献给他，请他说法。他把花展示给众人看，众人不知所措，独有弟子摩诃迦叶微笑，他便将《正法眼藏》传给他。

[17] 维摩诘：释迦牟尼时的大居士。有一次，释迦牟尼命大弟子文殊到维摩诘那里看病。天女在室内散花，花沾在佛法浅的人身上。

[18] 蘅芜：一种仙草。传说汉武帝梦见李夫人给他蘅芜香，等他醒来，香气还在。这里指一种香料，能召回死人的魂魄。

[19] 寻怀梦摘遍琼田：怀梦，一种仙草。传说汉武帝得到东方朔献的怀梦草，就梦见了李夫人。琼田，仙草生长的地方。

[20]“抵多少衡遥石怀中秘授”两句：传说杨贵妃死后，唐明皇为缓解思念之苦，叫道士用五色石（衡遥石）做成还形烛。将还形烛点在帐子里，唐明皇一进去，就看见了杨贵妃。

[21] 这一滴杨枝彻九泉：杨枝净水能从九泉之下把杨贵妃召回来。

[22] 青词：道教举行斋醮时祈祷用的一种文体。

[23] 李夫人：汉武帝的宠姬。相传她死后，武帝很想念她，方士齐人李少翁为他将李夫人魂魄召在帷帐中，让武帝和她相见。

[24] 汉刘郎：即汉武帝。这里用来指代唐明皇。

[25] 剑诀：道家仗剑作法时持的。

[26] 没准的真言：不灵验的咒语。

[27] 是必：务必。

[28] 阊阖：神话中的天门。

[29] 有一个檿弧箕服把周宗殄：褒姒把西周灭亡了。相传周宣王时有民谣：“檿弧箕服，实亡周国。”褒姒，西周周幽王所宠爱的妃子。檿弧，山桑做的弓。箕服，装箭的袋子。据《史记·周本纪》记载，周宣王命令捕杀贩卖檿弧、箕服的夫妇俩，但是他们逃走了。这一对夫妇在路上收留了一个弃婴，她就是后来的褒姒。

[30] 有一个牝鸡野雉把刘宗煽：汉高祖的皇后吕雉专权用事，汉高祖死后，她曾害死许多姓刘的宗族。

[31] 有一个蛾眉狐媚把唐宗变：唐朝武则天原来是唐高宗（李治）的皇后，后来自立称帝，改国号为周。

[32] 逐梁清：余音绕梁。这里形容杨贵妃的歌声美妙。

[33] 不争：只为。

[34] 挦扯：扯开。

[35] 太华：即陕西华山。

[36] 麟凤洲：即凤麟洲。

[37] 罡风：道家称天空极高处的风。

[38]“回望齐州何处显”两句：李贺《梦天》：“遥望齐州九点烟。”齐州，即中州，指中国。九点飞烟，指九州。

[39] 三岛十洲：古代神话中神仙居住的地方。三岛，即蓬莱、方丈、瀛洲三神山。十洲，指巨海中的祖、瀛、玄、炎、长、元、流、生、凤麟、聚窟十洲。

第四十七出　补　恨

【正宫引子·燕归梁】（贴扮织女上）怜取君王情意切，魂遍觅，费周折。好和蓬岛那人[1]说，邀云珮，赴星阙。

前夕渡河之时，牛郎说起杨玉环与李三郎长生殿中之誓，要我与彼重续前缘。今适在天门外，遇见人间道士杨通幽，说上皇思念贵妃一意不衰，令他遍觅幽魂。此情实为可悯。已指引通幽到蓬山去了，又令侍儿召取太真到此，说与他知。再细探其衷曲，敢待来也。（仙女引旦上）

【锦堂春】闻说璇宫有命，云中忙驾香车。强驱愁绪来天上，怕眉黛恨难遮。

（仙女报，旦进见介）娘娘在上，杨玉环叩见。（贴）太真免礼，请坐了。（旦坐介）适蒙娘娘呼唤，不知有何法旨？（贴）一向不曾问你，可把生前与唐天子两下恩情，细说一遍与我知道。（旦）娘娘听启，

【正宫过曲·普天乐】叹生前，冤和业。（悲介）才提起，声先咽。单则为一点情根，种出那欢苗爱叶。他怜我慕，两下无分别。誓世世生生休抛撇，不提防惨凄凄月坠花折，悄冥冥云收雨歇，恨茫茫只落得死断生绝。

【雁过声】【换头】（贴）听说、旧情那些。似荷丝劈开未绝，生前死后无休歇。万重深，万重结。你共他两边既恁疼热，况盟言曾共设。怎生他陡地心如铁，马嵬坡便忍将伊负也？

【倾杯序】【换头】（旦泪介）伤嗟，岂是他顿薄劣！想那日遭磨劫，兵刃纵横，社稷阽危，蒙难君王怎护臣妾？妾甘就死，死而无怨，与君何涉！（哭介）怎忘得定情钗盒那根节。

（出钗盒与贴看介）这金钗、钿盒，就是君王定情日所赐。妾被难之时，带在身边。携入蓬莱，朝夕佩玩，思量再续前缘。只不知可能够也？（贴）

【玉芙蓉】你初心誓不赊，旧物怀难撇。太真，我想你马嵬一事，是千秋惨痛此恨独绝。谁道你不将殒骨留微憾，只思断头香再爇。蓬莱阙，化愁城万叠。（还旦钗盒介）只是你如今已证仙班，情缘宜断。若一念牵缠呵，怕无端又令从此堕尘劫。

（旦）念玉环呵，

【小桃红】位纵在神仙列，梦不离唐宫阙。千回万转情难灭。（起介）娘娘在上，倘得情丝再续，情愿谪下仙班。双飞若注鸳鸯牒，三生旧好缘重结。（跪介）又何惜人间再受罚折！

（贴扶介）太真，坐了。我久思为你重续前缘。只因马嵬之事，恨唐帝情薄负盟，难为作合。方才见道士杨通幽，说你遭难之后，唐帝痛念不衰。特令通幽升天入地，各处寻觅芳魂。我念他如此钟情，已指引通幽到蓬莱山了。还怕你不无遗憾，故此召问。今知两下真情，合是一对。我当上奏天庭，使你两人世居忉利天[2]中，永远成双，以补从前离别之恨。

【催拍】那壁厢人间痛绝，这壁厢仙家念热：两下痴情恁奢，痴情恁奢。我把彼此精诚，上请天阙。补恨填愁，万古无缺。（旦背泪介）还只怕孽障周遮[3]，缘尚蹇，会犹赊。

（转向贴介）多蒙娘娘怜念，只求与上皇一见，于愿足矣。（贴）也罢。闻得中秋之夕，月中奏你新谱《霓裳》，必然邀你。恰好此夕正是唐帝飞升之候。你可回去，令通幽届期径引上皇，到月宫一见。何如？（旦）只恐月宫之内，不便私会。（贴）不妨。待我先与姮娥说明。你等相见之时，我就奏请玉音到来，使你情缘永证便了。（旦）多谢娘娘，就此告辞。（贴）

【尾声】团圆等待中秋节，管教你情偿意惬。（旦）只我这万种伤心，见他时怎地说！

（旦）身前身后事茫茫，（天竺牧童）
却厌仙家日月长。（曹唐）
（贴）今日与君除万恨，（薛逢）
月宫琼树是仙乡。（薛能）

注释

[1] 那人：指杨贵妃。

[2] 忉利天：佛教用语。即三十三天，是佛教世界中欲界六重天的第二重。根据佛教理论，忉利天位于须弥山顶，中央为帝释天所居，四面各有八天，总共三十三天。

[3] 周遮：这里作深重解。

第四十八出　寄　情

【南吕过曲·懒画眉】（末扮道士元神上）海外曾闻有仙山，山在虚无缥缈间。贫道杨通幽，适见织女娘娘，说杨妃在蓬莱山上。即便飞过海上诸山，一径到此。见参差宫殿彩云寒。前面洞门深闭，不免上前看来。（看介）试将银榜端详觑，（念介）“玉妃太真之院”。呀，是这里了。（作抽簪叩门介）不免抽取琼簪轻叩关。

【前腔】（贴扮仙女上）云海沉沉洞天寒，深锁云房鹤径闲。（末又叩介）（贴）谁来花下叩铜环[1]？（开门介）是那个？（末见介）贫道杨通幽稽首。（贴）到此何事？（末）大唐太上皇帝，特遣贫道问候玉妃。（贴）娘娘到璇玑宫去了，请仙师少待。（末）原来如此，我且从容伫立瑶阶上。（贴）远远望见娘娘来了。（末）遥听仙风吹珮环。

【前腔】（旦引仙女上）归自云中步珊珊，闻有青鸾信远颁。（见末介）呀，果然仙客候重关。（贴迎介）（旦）道士何来？（贴）正要禀知娘娘，他是唐家天子人间使，衔命迢遥来此山。

（旦进介）既是上皇使者，快请相见。（仙女请末进介）（末见科）贫道杨通幽稽首。（旦）仙师请坐。（末坐介）（旦）请问仙师何来？（末）贫道奉上皇之命，特来问候娘娘。（旦）上皇安否？（末）上皇朝夕思念娘娘，因而成疾。

【宜春令】自回銮后，日夜思，镇昏朝潸潸泪滋。春风秋雨，无非即景伤心事。映芙蓉，人面俱非，对杨柳，新眉谁试？特地将他一点旧情，倩咱传示。

【前腔】（旦泪介）肠千断，泪万丝。谢君王钟情似兹。音容一别，仙山隔断违亲侍。蓬莱院月悴花憔，昭阳殿人非物是。漫自将咱一点旧情，倩伊回示。

（末）贫道领命。只求娘娘再将一物，寄去为信。（旦）也罢。当年承宠之时，上皇赐有金钗、钿盒，如今就分钗一股，劈盒一扇，

烦仙师代奏上皇。只要两意能坚，自可前盟不负。（作分钗盒，泪介）侍儿，将这钗盒送与仙师。（贴递钗盒与末介）（旦）仙师请上，待妾拜烦。（末）不敢。（拜介）

【三学士】旧物亲传全仗尔，深情略表孜孜。半边钿盒伤孤另，一股金钗寄远思。幸达上皇，只愿此心坚似始，终还有相见时。

（末）贫道还有一说，钗盒乃人间所有之物，献与上皇，恐未深信。须得当年一事，他人不知者，传去取验，才见贫道所言不谬。（旦）这也说得有理。（旦低头沉吟介）

【前腔】临别殷勤重寄词，词中无限情思。哦，有了。记得天宝十载，七月七夕长生殿，夜半无人私语时。那时上皇与妾并肩而立，因感牛女之事，密相誓心：愿世世生生，永为夫妇。（泣介）谁知道比翼分飞连理死，绵绵恨无尽止[2]。

（末）有此一事，贫道可复上皇了。就此告辞。（旦）且住，还有一言。今年八月十五日夜，月中大会，奏演《霓裳》，恰好此夕，正是上皇飞升之候。我在那里专等一会，敢烦仙师届期指引上皇到彼。失此机会，便永无再见之期了。（末）贫道领命。（旦）仙师，说我

含情凝睇谢君王，（白居易）
尘梦何如鹤梦长。（曹唐）
（末）密奏君王知入月，（王建）
众仙同日听《霓裳》。（李商隐）

注释

[1] 铜环：铜制的门环。这里指门。

[2] “七月七夕长生殿”九句：这里借用白居易《长恨歌》：“七月七日长生殿，夜半无人私语时。在天愿作比翼鸟，在地愿为连理枝。天长地久有时尽，此恨绵绵无绝期。”

第四十九出　得　信

【仙吕引子·醉落魄】（生病装，宫女扶上）相思透骨沉疴久，越添消瘦。蘅芜烧尽魂来否？望断仙音，一片晚云秋。

“黯黯愁难释，绵绵病转成。哀蝉将落叶，一种为伤情。”寡人梦想妃子，染成一病。因令方士杨通幽摄召芳魂，谁料无从寻觅。通幽又为我出神访求去了。唉，不知是方士妄言，还不知果能寻着？寡人转展萦怀[1]，病体越重。已遣高力士到坛打听，还不见来。对着这一庭秋景，好生悬望[2]人也！

【仙吕过曲·二犯桂枝香】【桂枝香】叶枯红藕，条疏青柳。淅剌剌满处西风，都送与愁人消受。【四时花】悠悠，欲眠不眠敧枕头。非耶是耶睁望眸。问巫阳[3]，浑未剖。【皂罗袍】活时难救，死时怎求？他生未就，此生顿休。【桂枝香】可怜他渺渺魂无觅，量我这恹恹病怎瘳。

【不是路】（丑持钗盒上）鹤转瀛洲，信物携将远寄投。忙回奏，（见生叩介）仙坛传语慰离忧。（生）高力士，你来了么？问音由，佳人果有佳音否？莫为我淹煎把浪语诌。（丑）万岁爷听启，那仙师呵，追寻久，遍黄泉、碧落俱无有。（生惊哭介）呀，这等说来，妃子永无再见之期了。兀的不痛杀寡人也！（丑）万岁爷，请休僝僽。

那仙师呵，

【前腔】御气遨游，遇织女传知在海上洲。（生）可曾得见？（丑）蓬莱岫，见太真仙院榜高头。（生）元来妃子果然成仙了。可有甚么说话？（丑）说来由，含情只谢君恩厚，下望尘寰两泪流。（生）果然有这等事？（丑）非虚谬，有当年钗盒亲分授，寄来呈奏。

（进钗盒介）这钿盒、金钗，就是娘娘临终时，付奴婢殉葬的。不想娘娘携到仙山去了。（生执钗盒大哭介）我那妃子嗄，

【长拍】钿盒分开，钿盒分开，金钗拆对，都似玉人别后，单形只影，两载寡侣，一般儿做成离愁。还忆付伊收，助晓妆云鬓，晚香罗袖。

际轻分远寄与，无限恨，个中留。见了怎生释手。枉自想同心再合，双股重俦。

且住。这钗盒乃人间之物，怎到得天上？前日墓中不见，朕正疑心，今日如何却在他手内？（丑）万岁爷休疑，那仙师早已虑及，向娘娘问得当年一件密事在此。（生）是那一事，你可说来。（丑）娘娘呵，

【短拍】把天宝年间，天宝年间，长生殿里，恨茫茫说起从头。七夕对牵牛，正夜半凭肩私咒。（生）此事果然有之。谁料钗分盒剖！（泣介）只今日呵，翻做了孤雁汉宫秋[4]。

（丑）万岁爷，且省愁烦。娘娘还有话说。（生）还说甚么？（丑）娘娘说，今年中秋之夕，月宫奏演《霓裳》，娘娘也在那里。教仙师引着万岁爷，到月宫里相会。（生喜介）既有此话，你何不早说。如今是几时了？（丑）如今七月将尽，中秋之期只有半月了。请万岁爷将息龙体。（生）妃子既许重逢，我病体一些也没有了。

【尾声】广寒宫，容相就，十分愁病一时休。倒挨不过人间半月秋！

海外传书怪鹤迟，（卢纶）
词中有誓两心知。（白居易）
更期十五团圆夜，（徐夤）
纵有清光知对谁。（戴叔伦）

注释

[1] 萦怀：牵挂在心。蒋防《霍小玉传》：“酒阑宾散，离思萦怀。”

[2] 悬望：盼望，挂念。张鹜《游仙窟》：“积愁肠已断，悬望眼应穿。”

[3] 巫阳：古代神话中的巫师。《楚辞·招魂》：“帝告巫阳曰：‘有人在下，我欲辅之。魂魄离散，汝筮予之。’”

[4] 孤雁汉宫秋：汉元帝的爱妃昭君出塞以后，汉元帝在后宫听见雁叫而伤感。

第五十出　重　圆

【双调引子·谒金门】（净扮道士上）情一片，幻出人天姻眷。但使有情终不变，定能偿夙愿。

贫道杨通幽，前出元神在于蓬莱。蒙玉妃面嘱，中秋之夕引上皇到月宫相会。上皇原是孔昇真人，今夜八月十五数合飞升。此时黄昏以后，你看碧天如水，银汉无尘，正好引上皇前去。道犹未了，上皇出宫来也。（生上）

【仙吕入双调·忒忒令】碧澄澄云开远天，光皎皎月明瑶殿。（净见介）上皇，贫道稽首。（生）仙师少礼。今夜呵，只因你传信，约蟾宫相见，急得我盼黄昏，眼儿穿。这青霄际，全托赖引步展。

（净）夜色已深，就请同行。（行介）（净）"明月在何许？挥手上青天。"（生）"不知天上宫阙，今夕是何年？"（净）"我欲乘风归去，只恐琼楼玉宇，高处不胜寒。"（合）"起舞弄清影，何似在人间[1]。"（生）仙师，天路迢遥，怎生飞渡？（净）上皇，不必忧心。待贫道将手中拂子，掷作仙桥，引到月宫便了[2]。（掷拂子化桥下）（生）你看，一道仙桥从空现出。仙师忽然不见，只得独自上桥而行。

【嘉庆子】看彩虹一道随步显，直与银河霄汉连，香雾蒙蒙不辨。（内作乐介）听何处奏钧天，想近着桂丛边。

（虚上）（老旦引仙女，执扇随上）

【沉醉东风】助秋光玉轮正圆，奏《霓裳》约开清宴。吾乃月主嫦娥是也。月中向有《霓裳》天乐一部，昔为唐皇贵妃杨太真于梦中闻得，遂谱出人间。其音反胜天上。近贵妃已证仙班。吾向蓬山觅取其谱，补入钧天。拟于今夕奏演。不想天孙怜彼情深，欲为重续良缘。要借我月府，与二人相会。太真已令道士杨通幽引唐皇今夜到此，真千秋一段佳话也。只为他情儿久，意儿坚，合天人重见。因此上感天孙为他方便。仙女每，候着太真到时，教他在桂阴下少待。等上皇到来见

过，然后与我相会。（仙女）领旨。（合）桂华正妍，露华正鲜。撮成好会，在清虚府洞天。

（老旦下）（场上设月宫，仙女立宫门候介）（旦引仙女行上）

【尹令】离却玉山仙院，行到彩蟾月殿，盼着紫宸人面[3]。三生愿偿，今夕相逢胜昔年。

（到介）（仙女）玉妃请进。（旦进介）月主娘娘在那里？（仙女）娘娘吩咐，请玉妃少待。等上皇来见过，然后相会。请少坐。（旦坐介）（仙女立月宫傍候介）（生行上）

【品令】行行度桥，桥尽漫俄延。身如梦里，飘飘御风旋。清辉正显，入来翻不见。只见楼台隐隐，暗送天香扑面。（看介）"广寒清虚之府"，呀，这不是月府么？早约定此地佳期，怎不见蓬莱别院仙！

（仙女迎介）来的莫非上皇么？（生）正是。（仙女）玉妃到此久矣，请进相见。（生）妃子那里？（旦）上皇那里？（生见旦哭介）我那妃子呵！（旦）我那上皇呵！（对抱哭介）（生）

【豆叶黄】乍相逢执手，痛咽难言。想当日玉折香摧，都只为时衰力软，累伊冤惨，尽咱罪愆。到今日满心惭愧，到今日满心惭愧，诉不出相思万万千千。

（旦）陛下，说那里话来！

【姐姐带五马】【好姐姐】是妾孽深命蹇，遭磨障，累君几不免。梨花玉殒，断魂随杜鹃。【五马江儿水】只为前盟未了，苦忆残缘，惟将旧盟痴抱坚。荷君王不弃，念切思专，碧落黄泉为奴寻遍。

（生）寡人回驾马嵬，将妃子改葬。谁知玉骨全无，只剩香囊一个。后来朝夕思想，特令方士遍觅芳魂。

【玉交枝】才到仙山寻见，与卿卿把衷肠代传。（出钗盒介）钗分一股盒一扇，又提起乞巧盟言。（旦出钗、盒介）妾的钗盒也带在此。（合）同心钿盒今再联，双飞重对钗头燕。漫回思不胜黯然，再相看不禁泪涟。

（旦）幸荷天孙鉴怜，许令断缘重续。今夕之会，诚非偶然也。

【五供养】仙家美眷，比翼连枝，好合依然。天将离恨补，海把怨愁填。（生合）谢苍苍可怜，泼情肠翻新重建。添注个鸳鸯牒，紫霄边，千秋万古证奇缘。

（仙女）月生娘娘来也。（老旦上）"白榆历历月中影，丹桂飘飘云

外香。”（生见介）月姐拜揖。（老旦）上皇稽首。（旦见介）娘娘稽首。（老旦）玉妃少礼，请坐了。（各坐介）（老旦）上皇，玉妃，恭喜仙果重成，情缘永证。往事休提了。

【江儿水】只怕无情种，何愁有断缘。你两人呵，把别离生死同磨炼，打破情关开真面，前因后果随缘现。觉会合寻常犹浅，偏您相逢，在这团圆宫殿。

（仙女）玉旨降。（贴捧玉旨上）“织成天上千丝巧，绾就人间百世缘。”（生、旦跪介）（贴）玉帝敕谕唐皇李隆基、贵妃杨玉环：“咨尔二人，本系元始孔升真人、蓬莱仙子。偶因小谴，暂住人间。今谪限已满，准天孙所奏，鉴尔情深，命居忉利天宫，永为夫妇。如敕奉行。”（生、旦拜介）愿上帝圣寿无疆。（起介）（贴相见，坐介）（贴）上皇，太真，你两下心坚，情缘双证。如今已成天上夫妻，不比人世了。

【三月海棠】忉利天，看红尘碧海须臾变。永成双作对，总没牵缠。游衍，抹月批风随过遣，痴云腻雨无留恋。收拾钗和盒旧情缘，生生世世消前愿。

（老旦）群真既集，桂宴宜张。聊奉一觞，为上皇、玉妃称贺。看酒过来。（仙女捧酒上）酒到。（老旦送酒介）

【川拨棹】清虚殿，集群真，列绮筵。桂花中一对神仙，桂花中一对神仙，占风流千秋万年。（合）会良宵，人并圆；照良宵，月也圆。

【前腔】【换头】（贴向旦介）羡你死抱痴情犹太坚，（向生介）笑你生守前盟几变迁。总空花幻影当前，总空花幻影当前，扫凡尘一齐上天。（合）会良宵，人并圆；照良宵，月也圆。

【前腔】【换头】（生、旦）敬谢嫦娥，把衷曲怜；敬谢天孙，把长恨填。历愁城苦海无边，历愁城苦海无边，猛回头痴情笑捐。（合）会良宵，人并圆；照良宵，月也圆。

【尾声】死生仙鬼都经遍，直作天宫并蒂莲，才证却长生殿里盟言。

（贴）今夕之会，原为玉妃新谱《霓裳》。天女每那里？（众天女各执乐器上）夜月歌残鸣凤曲，天风吹落步虚声。天女每稽首。（贴）把《霓裳羽衣》之曲，歌舞一番。（众舞介）

【高平调·羽衣第三叠】【锦缠道】桂轮芳，按新声，分排舞行。仙珮互趋跄，趁天风，惟闻遥送叮当。【玉芙蓉】宛如龙起游千状，翩若鸾回色五章。霞裙荡，对琼丝袖张。【四块玉】撒团团翠云，堆一溜秋光。【锦渔灯】袅亭亭，现缑岭笙边鹤氅；艳晶晶，会瑶池筵畔虹幢；香馥馥，蕊殿[4]群姝散玉芳。【锦上花】呈独立，鹄步昂；偷低度，凤影藏。敛衣调扇恰相当，【一撮棹】一字一回翔。【普天乐】伴洛妃，凌波样；动巫娥，行云想。音和态，婉转悠扬。【舞霓裳】珊珊步蹑高霞唱，更泠泠节奏应宫商。【千秋岁】映红蕊，含风放；逐银汉，流云漾。不似人间赏，要铺莲慢踏[5]，比燕轻扬。【麻婆子】步虚[6]、步虚瑶台上，飞琼引兴狂。弄玉[7]、弄玉秦台上，吹箫也自忙。凡情、仙意两参详。【滚绣球】把钧天换腔，巧翻成馀弄儿盘旋未央。【红绣鞋】银蟾亮，玉漏长，千秋一曲舞《霓裳》。

（贴）妙哉，此曲，真个擅绝千秋也！就借此乐，送孔昇真人同玉妃，到忉利天宫去。（老旦）天女每，奏乐引导。（天女鼓乐引生、旦介）

【黄钟过曲·永团圆】神仙本是多情种，蓬山远，有情通。情根历劫无生死，看到底终相共。尘缘倥偬，忉利有天情更永。不比凡间梦，悲欢和哄，恩与爱总成空。跳出痴迷洞，割断相思鞚；金枷脱，玉锁松。笑骑双飞凤[8]，潇洒到天宫。

【尾声】旧《霓裳》，新翻弄。唱与知音心自懂，要使情留万古无穷。

谁令醉舞拂宾筵，（张说）
上界群仙待谪仙。（方干）
一曲《霓裳》听不尽，（吴融）
香风引到大罗天。（韦绚）
看修水殿号长生，（王建）
天路悠悠接上清。（曹唐）
从此玉皇须破例，（司空图）
神仙有分不关情。（李商隐）

注释

[1]“明月在何许”九句：语出苏轼《水调歌头·明月几时有》，略有改动。

[2] 引到月宫便了：《杨太真外传》："罗公远，天宝初侍玄宗。八月十五日夜，宫中玩月，曰：'陛下能从臣月中游乎？'乃取一枝桂，向空掷之，化为一桥，其色如银。请上同登。约行数十里，遂至大城阙。公远曰：'此月宫也。'"

[3] 紫宸人面：指唐明皇。

[4] 蕊殿：蕊珠宫。相传是仙女所住的地方。

[5] 铺莲慢踏：据《南史》记载，齐东昏侯把用金片做的莲花铺在地上，好让潘妃在上面走。

[6] 步虚：仙乐。相传西王母见汉武帝时，叫仙女许飞琼演奏乐器。

[7] 弄玉：人名。相传是秦穆公的女儿，貌美，善吹箫，后嫁给善吹箫的少年萧史为妻。秦穆公为弄玉和萧史筑凤台，让他们居住。数年后，弄玉乘凤，萧史乘龙，升天而去。

[8] 笑骑双飞凤：指弄玉与萧史骑凤鸟升天的故事。

附 录

中国戏曲知识简介

中国戏曲是一种传统的综合艺术形式，是包括文学、音乐、舞蹈、美术、武术等艺术因素，以音乐和舞蹈为主要表现手段的总体性的演出艺术。著名学者王国维称中国戏曲之特点是“以歌舞演故事也”。

中国戏曲历史悠久，早在原始社会，歌舞已萌芽，经过不断地发展与丰富，逐渐形成比较完整的戏曲艺术体系。汉有歌戏、百戏和角抵戏。唐有歌舞戏和以滑稽表演为特点的参军戏。北宋时，随着社会经济的发展，出现了很多娱乐场所，民间歌舞、说唱、滑稽戏渐渐综合，宋杂剧在此基础上也发展起来。元代时，北方出现了元杂剧，戏曲创作和演出空前繁荣，是中国戏曲的第一个繁盛期，也是中国戏曲史上的一个重要时期。在此期间，涌现了一批著名戏曲作家，如关汉卿、白朴、马致远、王实甫等。明清时，各地方剧种兴起，以昆曲和京剧为代表，形成了完整的舞台艺术体系。

中国戏曲剧本一般分为“出”或“折”，各个剧种的剧中人物大部分由生、旦、净、末、丑等不同的角色行当扮演，表演上按角色行当而各有不同的程式动作和唱、做、念、打的不同特点，技术要求很高。音乐体式有唱曲牌的“联曲体”、唱七字句或十字句为主的“板腔体”，或综合使用两者。

一、戏曲主要剧种

1. 昆曲

昆曲，又称“昆腔”“昆剧”“昆山腔”，是一种古老的戏曲剧种。它源于元末昆山（今属江苏），当时民间流行南戏腔调，经元末明初戏曲家顾坚等人整理加工，明初已有“昆山腔”之名。至明嘉靖年间，戏曲家魏良辅等人吸收海盐、弋阳等腔和当地民间曲调，使昆山腔更为丰富，称“水磨调”。传奇剧本多用昆曲演唱。伴奏乐器有笛、箫、笙等。明万历以后，除了保持早期昆曲特色的南昆外，全国还形成许多支脉，如北昆、湘昆等。昆曲曲调清丽婉转、细腻抒情，表演载歌载舞，程式严谨，是中国古典戏曲的代表。著名昆曲剧目有《长生殿》《牡丹亭》等。

2. 京剧

京剧，流行于全国的戏曲剧种，被称为“国粹”。清嘉庆、道光年间，四大徽班在北京同来自湖北的汉调艺人合作，接受昆曲、秦腔的部分剧目、

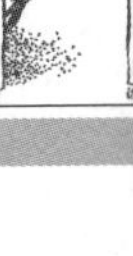

曲调和表演方法，吸收一些民间曲调，渐渐融合，最终创作出京剧。自咸丰、同治以来，经梅兰芳等人加以改革和发展，京剧逐渐形成完整的艺术风格和表演体系。京剧以西皮和二黄为主要腔调，也兼唱一些地方小曲调（如柳子腔、吹腔等）和昆曲曲牌。伴奏乐器主要有京胡、二胡、月琴等。它的表演颇具气势，是近代中国戏曲的代表。著名京剧剧目有《四郎探母》《霸王别姬》等。

3. 越剧

越剧，流行于浙江、上海等地的戏曲剧种。它源于清道光末年浙江嵊县（今嵊州）的曲艺“落地唱书调”，称“小歌班”或“的笃班”。1917 年左右进入上海，称“绍兴文戏”。表演先以男演员为主，后以女演员为主。1938 年起使用“越剧”这一名称。1942 年以袁雪芬为首的越剧女演员对其表演与演唱进行了变革，吸收话剧、昆剧的表演艺术之长，形成写实与写意相结合的表演风格。以四工调、尺调、弦下调等为主要曲调。著名越剧剧目有《祥林嫂》《梁山伯与祝英台》《红楼梦》《五女拜寿》《西厢记》等。

4. 黄梅戏

黄梅戏，流行于安徽、江西及湖北等省的戏曲剧种。它源于湖北黄梅地区的采茶调，清乾隆末传入安徽安庆一带，用安庆方言演唱。在剧目和音乐上，黄梅戏曾受青阳腔和徽调的影响。20 世纪 50 年代，在黄梅戏表演艺术家严凤英等人的改革下，黄梅戏表演日趋成熟，发展成为安徽的地方大戏。唱腔分花腔、彩腔、正腔三种。著名黄梅戏剧目有《打猪草》《夫妻观灯》《天仙配》《女驸马》等。

5. 评剧

评剧，流行于北京、天津和华北、东北各地区的戏曲剧种。清末时在河北滦县一带的小曲“莲花落”和“蹦蹦”的基础上形成，先后吸收河北梆子、京剧等音乐和表演艺术演变而成。早期在河北农村流行，后进入唐山，称“平腔梆子戏”“唐山落子”“奉天落子”。板腔体结构，有慢板、二六板、尖板等。伴奏乐器以板胡为主，打击乐器与京剧相同。20 世纪 30 年代以后，评剧在京剧、河北梆子等剧种的影响下日趋成熟。著名评剧剧目有《小女婿》《刘巧儿》《花为媒》《杨三姐告状》《秦香莲》等。

二、戏曲表演

（一）行当

1. 生行

生行，戏曲剧目中的男性形象，其特点是以面部化妆为俊扮（不勾画脸谱）。根据其年龄、身份的不同可以分为老生、小生、武生等。

老生：亦称“须生”。扮演中年或老年男子，如《空城计》中的诸葛亮。以俊扮为主，戴胡须。根据不同的表演特点，分为唱功老生、做功老生和靠把老生等。

小生：扮演年轻人，如《群英会》中的周瑜、《玉堂春》中的王金龙等。以俊扮为主，不戴胡须。根据不同的表演特点，可分为扇子生、纱帽生、雉尾生、穷生、武小生等。

武生：扮演具有武艺的青壮年男子。俊扮。又有长靠武生和短打武生之分。另有老武生，扮演老年英勇人物。武生也兼演部分武净戏，如《铁笼山》中的姜维。

红生：有时将其归入武生行，指勾红脸的具有武艺的男性形象，最典型的是关羽和赵匡胤。

2. 旦行

旦行，戏曲剧目中的女性形象，可分为青衣、花旦、刀马旦、武旦、老旦、彩旦等。

青衣：扮演那些端庄稳重的中青年妇女，以唱功见长，如《三击掌》中的王宝钏、《铡美案》中的秦香莲、《二进宫》中的李艳妃等。因所扮人物大都穿着青素（黑色）褶子而得名。

花旦：扮演那些天真活泼或泼辣放浪的青年妇女，以做功和念白见长，如《西厢记》中的红娘、《拾玉镯》中的孙玉姣、《小放牛》中的村姑等。

武旦：扮演英武的女性人物，表演上着重武打。多表现那些具有武艺的女将、女侠、女仙或女妖，如《武松打店》中的孙二娘、《泗州城》中的水母等。

刀马旦：扮演擅长武艺的巾帼英雄，如《战金山》中的梁红玉、《穆桂英挂帅》中的穆桂英等。一般要扎大靠，武打大都表现马战，表演上兼重唱、做和舞蹈。

老旦：扮演老年女性，如《杨门女将》中的佘太君、《红灯记》中的李奶奶、《吊金龟》中的康氏等。用本嗓唱念，唱腔同老生相近，兼用一些青衣腔。

彩旦：亦称“丑旦”。扮演那些滑稽或刁蛮的女性人物，多由丑行扮演，动作和化妆都极尽其丑。其年龄较老的或称丑婆子，如《拾玉镯》中的刘妈妈等。

3. 净行

净行，古代戏曲中的一种角色，俗称“花脸”“花面”。大多扮演性格粗犷豪放或阴险奸诈以及相貌特异的男性人物，如张飞、李逵、曹操等。根据所扮人物性格、身份不同而分为若干专行，即京剧的正净、副净、武净和毛净。

正净：也称“大面”“大花脸”。一般指剧中地位较高、举止稳重、性格耿直的人物，表演上着重唱歌的净角，如京剧《草桥关》中的姚期。

副净：也称“二面”或“架子花脸”，以滑稽语言或动作逗观众笑乐。多扮演粗犷莽撞的人物，如张飞、李逵等。

武净：也称“武花脸”，以武打为主，如京剧《通天犀》中的青面虎。

毛净：指戏曲舞台上钟馗、周仓、巨灵神等类人物，他们或为天神，或为身体畸形者，造型夸张，多需垫肩、凸臀，在表演上以工架见长。

4. 丑行

丑行，由于化妆时常在鼻梁上抹一小块白粉而俗称“小花脸”。扮演的人物种类繁多，又根据所扮人物性格、身份的不同而划分为文丑、武丑，扮演女性人物时称彩旦、丑旦或摇旦。

文丑：不具武艺的滑稽人物，脸谱画豆腐块，又根据其身份、地位、年龄等区分为方巾丑、褶子丑等。

武丑：扮演擅长武艺而机警幽默的男性人物。着重翻跳武技，也讲究口齿清楚有力，俗称“开口跳”。如京剧《三岔口》中的刘利华、昆剧《挡马》中的焦光普。

（二）表演特性

1. 综合性

唱、做、念、打指唱功、做功、念白、武打，习称“四功”，是戏曲演员表演的四种艺术手法，也是戏曲演员的四种基本功夫。

唱：戏曲演出中剧中人物抒发内心情感或叙事的主要方式。根据不同的剧种，采用不同的音乐形式。

念：戏曲演出中人物间的对白或独白的总称，是一种诗歌化、音乐化的戏曲语言。一般剧种所用的念白与剧种所在省份的地方音大致相同。京剧念白有京白、韵白之分，前者用湖广音、中州韵，后者用北京方言音稍加变化。昆曲则用韵白或苏白。

做：戏曲演员的身段、表情、气派、风度等表演的总称，戏曲表演的主要组成部分，也是舞台行动的主要组成部分。

打：戏曲中的格斗与战争场面，是传统武术的舞蹈化，有的戏曲表现两人的对打，有的则是集体的战争场面。

2. 程式性

（1）用程式动作表现生活——生活动作的舞蹈化

起霸：其名源于昆曲《千金记·起霸》，表现霸王项羽与敌对阵前整盔束甲的准备工作，之后则演变为一套程式动作，专门用来表现将士出征前的准备活动。有男霸、女霸之分，前者阳刚，后者阴柔。

趟马：也叫马趟子，演员右手执鞭挥舞，通过连续而舞蹈化的手势、身段、步伐，配合快速的锣鼓节奏，表现人骑在马上的各种神情和姿态。

走边：多用于武戏，用以表示剧中人夜间潜行，靠路边疾走等。走边时击镲、小锣，并唱曲牌的称响边；只轻击堂鼓，不伴其他乐器的称哑边。

（2）人物服饰的程式——宁穿破勿穿错

盔头：戏曲表演中人物头上所戴的帽、盔等的总称。

冠：多指帝王、贵族所戴的硬质礼帽，如紫金冠、凤冠等。

盔：武职人员所戴的硬质帽子，如帅盔、夫子盔等。

巾：为缎制品的软制帽子，有花有素，属于便装，如相巾、文生巾、员外巾等。

帽：用于不同身份的人物，软硬质均有，如纱帽、罗帽等。

戏衣：戏曲表演中所穿戴服饰的总称，具有装饰性、可舞性，不注重写实性，只是针对人物身份、地位等方面的标志性表现。

蟒：蟒袍的简称。戏曲表演中帝王将相的官服。圆领大襟，满绣龙纹、水纹，有水袖。根据人物的地位、性格、脸谱穿用。

靠：戏曲表演中古代将士的铠甲。靠身有前后两片，满绣鱼鳞纹，腹部绣一大虎头，称“靠肚”。护腿两块，称“靠牌子”。背后插三角形小旗四面，称“靠旗”。

褶：戏衣中用途最广者。为帝王将相的衬衣及平民的便服。分花、素两种。多为斜襟（大襟），男褶子为硬质，女褶子为软质。

帔：传统戏中帝王将相、豪绅的便服。对襟，左右胯下开叉，满身绣团花。表现夫妻关系时，多穿花色相配的帔，称“对帔”。

衣：指贵贱贫富各种角色所穿的服装，如官衣、箭衣、茶衣等。

戏鞋：戏曲表演中人物所穿靴鞋的总称。

靴：也叫“靴子”。传统戏曲中常用的高帮或长帮的鞋，其帮多由棉布或缎制成。有厚底和薄底两种样式。

鞋：相对于靴而言，指无帮的鞋子。

（三）虚拟性

对空间的虚拟：戏曲舞台是一个变动的空间，人物在不断地上下场，不断地更换地点。地点的更换，是通过演员的“圆场”来表现的。演员在舞台上走上半个、一个或多个“圆”，即表示从一个地方到达了另一个地方。这两个地方的距离或远或近，演员只需一走“圆场”便足够。

对周围环境的虚拟：戏曲舞台的表现原则是用最简单的布景和设备表现尽可能多的内容，因此戏曲舞台对周围环境的虚拟的用法是最多的。周围的环境一般不在舞台表现范围之内，而是被虚拟化了，由演员的表演去表现，同时需要观众进行联想，使之在脑海或眼前再现。

对时间的虚拟：戏曲舞台上的时间是对生活时间的虚拟，是灵活变动的，有的是有意拉长时间，如大将战胜敌人后要枪花或刀花，是用拉长时间或时间暂时停止的办法来表现其战胜敌人的兴奋；有的是有意缩短时间，如一般用一段或几段唱表现一夜已过去，如用曲牌省略没必要交代的内容；有的是假定时间，如《三岔口》，在灯火通明的舞台上表现黑夜来临。

对动作对象的虚拟：戏曲舞台上的人物动作有的具备动作对象，有的可以省略。可以全部省略，如人物摘花，只做出摘花的动作，花是没有的；也可以部分省略，如人物骑马，马没有，只有马鞭，人物行船，船与水没有，只有船桨。这是戏曲简约化的表现，也是虚拟化的表现。

自 序

余览白乐天《长恨歌》及元人《秋雨梧桐》剧，辄作数日恶。南曲《惊鸿》一记，未免涉秽。从来传奇家非言情之文，不能擅场；而近乃子虚乌有，动写情词赠答，数见不鲜，兼乖则典。因断章取义，借天宝遗事，缀成此剧。凡史家秽语，概削不书，非曰匿瑕，亦要诸诗人忠厚之旨云尔。然而乐极哀来，垂戒来世，意即寓焉。且古今逞侈心而穷人欲，祸败随之，未有不悔者也。玉环倾国，卒至陨身。死而有知，情毁何极。苟非怨艾之深，尚何证仙之与有。孔子删《书》而录《秦誓》，嘉其败而能悔，殆若是欤？第曲终难于奏雅，稍借月宫足成之。要之广寒听曲之时，即游仙上升之日。双星作合，生忉利天，情缘总归虚幻。清夜闻钟，夫亦可以遽然梦觉矣。

康熙己未仲秋稗畦洪昇题于孤屿草堂

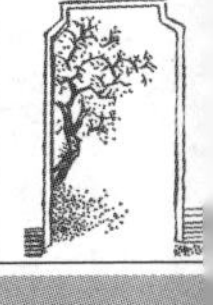

例言

忆与严十定隅坐皋园，谈及开元、天宝间事，偶感李白之遇，作《沉香亭》传奇。寻客燕台，亡友毛玉斯谓排场近熟，因去李白，入李泌辅肃宗中兴，更名《舞霓裳》，优伶皆久习之。后又念情之所钟，在帝王家罕有。马嵬之变，已违夙誓，而唐人有玉妃归蓬莱仙院、明皇游月宫之说，因合用之，专写钗盒情缘，以《长生殿》题名，诸同人颇赏之。乐人请是本演习，遂传于时。盖经十馀年，三易稿而始成，予可谓乐此不疲矣。

史载杨妃多污乱事。予撰此剧，止按白居易《长恨歌》、陈鸿《长恨歌传》为之。而中间点染处，多采《天宝遗事》《杨妃全传》。若一涉秽迹，恐妨风教，绝不阑入，览者有以知予之志也。今载《长恨》歌、传，以表所由，其杨妃本传、外传及《天宝遗事》诸书，既不便删削，故概置不录焉。

棠村相国尝称予是剧乃一部闹热《牡丹亭》，世以为知言。予自惟文采不逮临川，而恪守韵调，罔敢稍有逾越。盖姑苏徐灵昭氏为今之周郎，尝论撰《九宫新谱》，予与之审音协律，无一字不慎也。

曩作《闹高唐》《孝节坊》诸剧，皆友人吴子舒凫为予评点。今《长生殿》行世，伶人苦于繁长难演，竟为伧辈妄加节改，关目都废。吴子愤之，效《墨憨十四种》，更定二十八折，而以虢国、梅妃别为饶戏两剧，确当不易。且全本得其论文，发予意所涵蕴者实多。分两日唱演殊快。取简便，当觅吴本教习，勿为伧误可耳。

是书以取崇雅，情在写真。近唱演家改换有必不可从者，如增虢国承宠、杨妃忿争一段，作三家村妇丑态，既失蕴藉，尤不耐观。其《哭像》折，以哭题名，如礼之凶奠，非吉祭也。今满场皆用红衣，则情事乖违，不但明皇钟情不能写出，而阿监、宫娥泣涕皆不称矣。至于《舞盘》及末折演舞，原名《霓裳羽衣》，只须白袄红裙，便自当行本色。细绎曲中舞节，当一二自具。今有贵妃舞盘学《浣纱舞》，而末折仙女或舞灯、舞汗巾者，俱属荒唐，全无是处。

洪昇昉思父识

真人真事

李隆基

李隆基（685—762），即历史上著名的唐玄宗，亦称唐明皇，唐睿宗李旦第三子，唐朝第七代皇帝，母窦德妃。712 年至 756 年在位，开创了唐朝最为鼎盛的时期。

唐隆元年（710），唐中宗去世，韦后掌权。李隆基随即联合太平公主发动政变，诛杀韦后。相王李旦即位，是为睿宗，立李隆基为太子。延和元年（712），睿宗传位，李隆基即位，改元先天，是为玄宗。次年，玄宗赐死企图发动宫廷政变以废玄宗的太平公主，改元开元。

玄宗早年英明果断，励精图治，重视人才，以姚崇为相。姚崇提出的建议，玄宗基本上采纳。姚崇罢相后，玄宗又重用宰相宋璟。宋璟善于选拔人才，赏罚分明。此后玄宗所用诸相如张说、韩休及张九龄等亦堪称贤良。他在行政、财政、军事诸方面进行了一系列改革，社会安定，经济发展，国势强盛。

后来，玄宗以为天下无需忧心，开始享乐，沉溺于美色之中，不问政事。玄宗听信奸臣李林甫的谗言，罢免贤臣张九龄等人，使李林甫专权。玄宗向吐蕃、南诏、契丹不断发动战争，不仅恶化了民族关系，而且使财政上用度不足，又错用聚敛之臣。在个人生活上，他不顾礼节，宠幸武惠妃的儿子寿王李瑁的王妃杨贵妃，极其纵容杨氏姐妹。李林甫死后，杨贵妃的兄长即杨国忠开始专权。天宝十四年（755），安史之乱爆发。次年，玄宗逃往蜀中，至德二年（758）回长安，后抑郁而死。

杨玉环

杨玉环（719—756），小字玉环，号太真，唐朝蒲州永乐（今山西省芮城西南）人。原为寿王李瑁的王妃，后为唐玄宗的宠妃。她天生丽质，性格温顺，善歌舞，通音律，才华在历代后妃中鲜见。

杨玉环十六岁时被玄宗第十八子寿王李瑁选为王妃，李瑁也年约十六岁。玄宗宠爱的武惠妃去世后，杨玉环被高力士推荐给了玄宗，并被其纳为妃。天宝四年（745），玄宗先立左卫中郎将韦昭训的女儿为寿王妃后，册封杨玉环为贵妃。天宝十四年（755）年六月一日，杨贵妃在长安华清宫庆祝了最后一次生日。同年十一月，安史之乱爆发，玄宗带着杨贵妃西逃入蜀，次年途经马嵬驿，军队哗变，逼玄宗诛杨国忠，赐杨贵妃自尽。

因杨贵妃得宠，她的家人均受封。她的三位姐姐分别被封为韩国夫人、虢国夫人、秦国夫人，享受荣华富贵。她的兄弟均获高官，尤其是她的兄长杨国忠，更是权倾朝野。

安禄山

安禄山（703—757），唐朝营州柳城（今辽宁朝阳市）人。本名轧荦山，据说姓康，母为突厥人。安禄山通晓边境若干少数民族语言，骁勇善战，初为互市牙郎。幽州节度使张守珪收其为养子。安禄山因战功任平卢兵马使，因贿赂结交朝廷派往河北的使臣，博得唐玄宗的称许，先后任营州都督、平卢节度使、范阳节度使、河东节度使等。安禄山善于献媚，手段卑劣，骗得玄宗、杨贵妃等人的宠信，而获得权势。

玄宗统治晚期，朝政腐败，禁军虚弱。安禄山洞悉内情，又与权臣杨国忠不和，妄图叛变。天宝十四年（755）十一月，安禄山以讨伐杨国忠为名，在范阳起兵叛变，攻陷洛阳。次年，他在洛阳称雄武皇帝，国号燕，建元圣武。从此，唐朝陷入长期战乱之中。至德二年（757）春，安禄山被其子安庆绪所杀。

杨国忠

杨国忠（？—756），本名杨钊，唐朝蒲州永乐（今山西芮城西南）人。杨贵妃堂兄。

杨国忠早年好喝酒、赌博，穷困潦倒，被人瞧不起，后借助李林甫进入朝廷。此时杨玉环已被封为贵妃，她的三位同胞姐姐也日益受宠。杨国忠利用这一裙带关系，使杨氏姐妹经常在唐玄宗面前替他美言，得以见到唐玄宗，被授金吾兵曹参军。

杨国忠因善计算，玄宗与杨氏诸姐妹赌博，令他计算赌账，赐名国忠，身兼十五使职。

入朝之初，杨国忠与李林甫狼狈为奸，干了不少坏事。后来，他又与李林甫钩心斗角，李林甫病死后，他取而代之。掌握大权之后，杨国忠专横跋扈，结党营私，生活腐化，欺压群臣。他曾两次发动了征讨南诏的战争，损兵折将近二十万人。杨国忠专权误国，好大喜功，穷兵黩武，动辄对边境少数民族地区用兵，不仅使成千上万的无辜将士丧命，给少数民族地区造成了灾难，而且使内地田园荒芜，民不聊生。

安禄山得宠后，杨国忠怀恨在心，处处与安禄山争宠，加速了安史之乱的爆发。安史之乱时，他随玄宗入蜀，行至马嵬驿被禁军所杀。

高力士

高力士（684—762），唐玄宗时当权宦官，唐朝高州良德（今广东省高州东北）人。他年少被阉，入宫后因聪慧得到武则天赏识。后来一度被逐，被宦官高福收为养子，遂姓高。高福交结武三思，高力士又得以入宫。玄宗为王时，高力士费心攀附，参与宫廷政变立功。后玄宗即位，高力士深得其信任，曾任知内侍省事，被封渤海郡公。

天宝十四年（755），安史之乱爆发后，高力士随玄宗入蜀，行至马嵬驿，在将士胁迫玄宗杀杨贵妃而玄宗犹豫不决时，高力士极力劝说，玄宗因而答应。上元元年（760），高力士被放逐巫州，两年后赦归，途中得知玄宗驾崩，哀恸呕血而死。

郭子仪

郭子仪（697—781），唐朝名将，华州郑县（今陕西省华县）人。其父郭敬之曾做过唐朝五个地方的刺使。郭子仪其人仪表堂堂，威猛不凡，曾任天德军使、九原太守、朔方节度使。天宝十四年（755），安史之乱爆发后，他率军收复洛阳、长安，功勋卓越，晋为中书令，后被封汾阳郡王。代宗时，他又平定仆固怀恩叛乱，并说服回纥统治者与唐联合，共破吐蕃，朝廷颇为依赖他。郭子仪戎马一生，屡立战功，大唐因他而获得安宁达二十多年，可谓“权倾天下而朝不忌，功盖一代而主不疑”。

郭子仪的八子七婿，都是朝廷显官。第六子郭暖，娶唐代宗之女升平公主，京剧《打金枝》的主角即以她为原型，剧情在历史上确有其事。

李龟年

李龟年（生卒年不详），唐朝宫廷乐师，善歌，善奏羯鼓、筚篥，会作曲。后人称李龟年为“歌圣”。

李龟年和其同样擅长文艺的兄弟李彭年、李鹤年共同创作的《渭州曲》得到唐玄宗的赏识，经常为唐玄宗表演。令李龟年大为风光的还是兴庆宫沉香亭的赏花音乐会。玄宗和杨贵妃在亭中赏花，命梨园弟子中技艺超群者前来供奉。于是，李龟年等来到沉香亭。玄宗还宣赐翰林学士李白入宫作赋。李白随即来到沉香亭，挥笔写就《清平调》三章。玄宗命李龟年将《清平调》谱曲演唱。

天宝十四年（755），安史之乱爆发后，李龟年流落到江南，每遇良辰美景便感怀，不禁演唱，听来令人潸然泪下。杜甫也流落到江南，在一次宴会上听到了李龟年的演唱，就写了一首《江南逢李龟年》。

雷海青

雷海青（？—755），唐朝宫廷乐师，善弹琵琶。

据《明皇杂录》记载，安史之乱时，安禄山攻入长安，数百名梨园弟子皆被俘。雷海青不愿为叛军演奏，便称病不去，被安禄山派人强押到场。这些梨园弟子悲伤落泪，演奏曲不成调，安禄山大怒。一日，安禄山在凝碧池举行大宴，命梨园弟子奏曲作乐，说流泪者当斩。雷海青忍无可忍，当着安

禄山的面举起琵琶，奋力往地上一摔，放声大哭，以示抗拒。安禄山下令将雷海青肢解示众。

王维闻雷海青之事后，很是感动，作《菩提寺私成口号》诗："万户伤心生野烟，百官何日再朝天。秋槐叶落空宫里，凝碧池头奏管弦。"安史之乱后，肃宗赠封死难大臣，其中就有乐师雷海青。

安史之乱

安史之乱是指安禄山和史思明起兵反对唐王朝的一次叛乱，是唐朝由盛而衰的转折点。

天宝十年（751），安禄山兼任范阳、平卢、河东三镇节度使。

天宝十一年（752）十一月，李林甫死，玄宗以杨国忠继任宰相，兼领四十余使。从此，杨国忠专权，飞扬跋扈。

天宝十四年（755）十一月，安禄山大权在握，又看到天下武备松弛，萌生篡夺皇位的谋反之心，伙同部将史思明，联合奚、契丹等族共十五万兵马，号称二十万，以讨伐杨国忠为名反于范阳，安史之乱爆发。唐玄宗闻讯，当即调安西节度使封常清为范阳、平卢节度使，在洛阳募兵六万，守卫河阳大桥，接着又命金吾卫大将军高仙芝率京师五万兵马，屯驻陕郡。同年十二月，安史叛军占领洛阳，封、高二将退守潼关。不久，玄宗误听了监军宦官边令诚谗言，处死了封常清和高仙芝。次年，安禄山在洛阳称帝。不久，玄宗派朔方节度使郭子仪和河东节度使李光弼率部军东进，会同颜真卿部经营河北。真源县令张巡率军民坚守雍丘，多次击败叛军。同年五月，在玄宗和杨国忠的严厉威逼下，卧病在家的陇右节度使哥舒翰任兵马副元帅，领兵二十万出战，却以惨败收场，潼关失守。同年六月，长安失守，玄宗与杨贵妃、杨国忠兄妹等一千多人向蜀地逃窜。行至马嵬驿，禁军哗变，杀杨国忠，又逼迫玄宗缢死杨贵妃。同年七月，李亨在灵武即帝位，是为肃宗。不久后，肃宗将郭子仪和李光弼从河北召至灵武，并联合回纥骑兵，准备开展大规模的反攻。

至德二年（757）正月，安禄山被其子安庆绪杀死。同年九月，郭子仪率唐军和回纥骑兵收复长安，接着又收复洛阳。安庆绪退守邺郡。

乾元二年（759）三月，史思明率兵十三万救援安庆绪，与唐军在安阳相遇。因大风突起，天昏地暗，两军未交战，唐军向南逃散，叛军向北撤退。不久，史思明率军来到邺郡南，安庆绪出城慰劳，被史思明所杀。叛军返回范阳，史思明自称大燕皇帝，并再度攻下洛阳，两年后被其子史朝义所杀。

广德元年（763），史朝义穷蹙自杀。叛乱平定。安史之乱前后历时七年多，严重破坏生产。唐朝统治从此由盛转衰，出现藩镇割据的局面。